無職轉生

④

到了異世界就拿出真本事

理不尽な孫の手
Rifujin na Magonote

插畫：シロタカ

Kadokawa Fantastic Novels

無職轉生～到了異世界就拿出真本事～④

CONTENTS

天大陸
利卡里斯鎮
魔大陸
世界地圖
溫恩港
贊特港
獸族地盤
小人族地盤
大森林
長耳族地盤
米里斯大陸
礦坑族地盤
米里斯神聖國

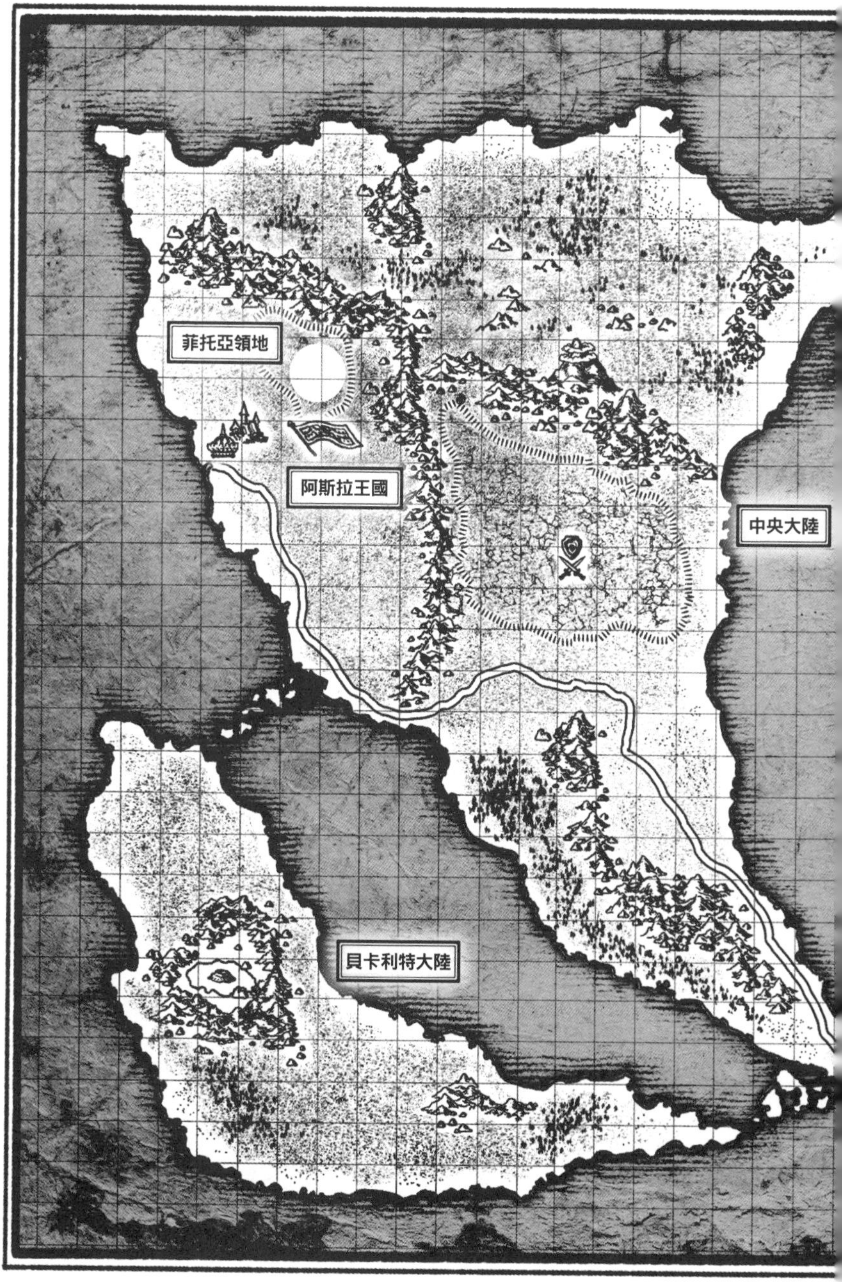
菲托亞領地
阿斯拉王國
中央大陸
貝卡利特大陸

「人人不同，每個人都好；人人相同，那就更好。」

——It will not be blamed if it can be the same as everybody.

著：魯迪烏斯・格雷拉特

譯：金恩・RF・馬格特

第四章 少年期 航行篇

第一話「溫恩港」

我的名字叫魯迪烏斯．格雷拉特。

是前陣子才剛滿十一歲的 Pretty boy。

擅長魔術。

因為能夠省略詠唱並施展獨自改編過的魔術，因此其他人對我總是另眼相待。

一年前，我遭到災害波及，被迫轉移到叫作魔大陸的地方。

和故鄉的阿斯拉王國菲托亞領地相對照，魔大陸正好位於地圖的另一端，必須繞過世界半圈才能回家。

所以我為了賺取金錢而成為冒險者，踏上歸鄉的漫長旅途。

就這樣，一年之後，我成功縱貫了魔大陸。

★　★　★

溫恩港。

這裡是魔大陸唯一的港都。城鎮內的地形有許多起伏坡道，從入口就能一眼看盡街景。

雖然大部分都是符合魔大陸特色的土石造建築，不過也可以零星看到一些木造房舍。大概是從米里斯大陸進口木材吧。

城鎮角落還有造船廠。

或許因為是港都，入口附近沒有多少攤位，反而是靠近港口的區域顯得充滿活力。是一個風情與其他地方有些不同的城鎮。

至於港口的另一端，也就是城鎮的外側，是一片廣闊的海洋。

自己有多久沒看到大海了？我記得國中時去海邊的校外教學應該是最後一次。

所謂的大海，似乎在任何世界都一樣。藍色海水、浪濤聲，還有看起來像海鷗的鳥。

也有帆船，這是我第一次親眼看到帆船。雖說電影裡偶爾會出現，不過實際目睹木造船隻揚起船帆往前航行的光景，還是讓我興奮得忘記自己已經一把年紀。果然在這個世界裡也有逆風航行的技術嗎？

不，既然是這世界，想必是利用靠魔術師製造順風來前進之類的方式吧。

「快看！」

剛到達此地，一名紅髮少女立刻跳下我們騎乘的蜥蜴往前跑。

她名叫艾莉絲·伯雷亞斯·格雷拉特，是阿斯拉王國菲托亞領地之領主紹羅斯的孫女，也是由我負責擔任家庭教師的教導對象。原本是個非常凶猛的大小姐，不過最近變得比較坦率，也願意聽從我的指示。

我必須保護和自己一起被強行轉移到這裡的艾莉絲，把她送回故鄉。

「你看，魯迪烏斯！是大海！」

艾莉絲講的是流暢的魔神語，我有要求她必須刻意從平時起就使用魔神語。再加上我和瑞傑路德也盡可能使用魔神語交談，因此最近艾莉絲的水準有長足的進步。

果然在日常生活中使用似乎是學習外語的捷徑。

不過基本上，艾莉絲無法讀寫。儘管魔神語並不是那麼困難的語言，然而她還是沒能在一年內學會。

順便一提，來到魔大陸後，我再也沒教過魔術。無詠唱自不用說，說不定她已經連詠唱都忘得一乾二淨。

「等一下，艾莉絲！我們連住的地方都還沒決定，妳想跑到哪裡去啊！」

聽到我的發言，艾莉絲的腳猛然煞車。

這是我們來到魔大陸後第三次進行這樣的對話。第一次的結果是迷路，第二次兩人在街角吵起來，當然事不過三。

「也對！要先找好住哪裡，不然會迷路呢！」

忍不住一直偷瞄海邊的艾莉絲興高采烈地回來。

仔細想想，她大概是第一次看到大海吧。

雖說菲托亞領地附近有條河，艾莉絲似乎曾在假日和紹羅斯一起外出玩水，不過很遺憾我從未同行，所以不清楚她對這類有水的地方具備多少知識。

「不知道可不可以游泳？」

聽到艾莉絲的疑問，我不解地歪了歪頭。

「咦？妳想在港口游泳嗎？」

「想！」

我的確也很想欣賞一下艾莉絲十三歲的誘人身材，然而這願望大概無法實現。

畢竟有個很重要的問題。

「妳沒有泳衣吧？」

「泳衣？那是什麼？不需要呀！」

聽到這具備衝擊性的回答，讓我無法掩飾內心的困惑。

泳衣？那是什麼？不需要呀！

意思是說，她要全身脫光光……不，不可能，不會是那樣。

這世界也存在著認為赤身裸體很丟臉的文化。

所以……我知道了，大概是穿著內衣吧。直接穿內衣下水。

被水浸濕而緊貼在身上的內衣，透出衣服的膚色，隱約浮現的突起。

怪了，為什麼在菲托亞領地時，我從來沒有一起去玩水？嗯，是因為我很忙，當時過著連假日都非常充實的生活。但是，或許至少一次也好，早知道起碼該同行個一次才對。

不，現在不需要去想那種事，而是要專注於眼前。

活在當下，沒錯！要活在此時此刻！

哦耶～！是大海！

「不，最好不要在這片海域游泳。」

這時，來自後方的聲音潑了一盆冷水。

我回頭一看，眼前站著一個腦袋光溜溜，臉上有條縱貫傷痕，長相和流氓沒兩樣的男子。

他叫瑞傑路德．斯佩路迪亞。

是個喜歡小孩的魔族，遇上來到魔大陸不知所措的我們後，自願擔任護衛。

現在把頭髮剃光所以看不出來，不過他其實是擁有翠綠髮色的斯佩路德族。在這個世界裡，擁有綠色頭髮的魔族被視為恐怖的象徵。

瑞傑路德為了我們，甚至不惜剃光頭髮。

所以幫助他挽回已經掃地的種族名聲，應該可以說是我能辦到的報恩行動之一。

「因為海裡有很多魔物。」

瑞傑路德的額頭上嵌著一顆看起來像是紅寶石的感覺器官。

這器官擁有活體雷達般的功能，似乎能夠掌握數百公尺範圍內的所有生物。

雖然會覺得既然有這麼便利的東西，區區魔物只要由我和瑞傑路德負責殺光不就得了？但是說不定那個活體雷達並非萬能，例如在水裡無法發揮效果之類。
嗯……不過如果只是短時間，應該可以海水浴吧？
就算在港口游泳實在危險，只要在附近的海邊利用土魔術隔出類似養殖魚池的區域……
不，畢竟凡事都有萬一。有些魔物擁有奇妙的特殊能力，說不定能越過圍籬闖入。
如果是章魚只會觸發養眼事件，但如果是鯊魚，可就會上演電影大白鯊的劇情了。
不得已，還是放棄海水浴比較保險。
真的是逼不得已。
「這次不下水了，找好住處後就前往冒險者公會吧。」
「嗯……」
艾莉絲看起來很失望。
唔……其實我個人也對艾莉絲的健康身材很有興趣，因為這一年來都沒有好好確認她的發育狀況。雖然隔著衣服很難判斷，但要是能前往開放的海邊，或許能看出什麼。沒錯，一定要去一趟。
「就算不下水游泳，只在海邊玩玩應該也可以吧？」
「海邊？」
「海邊有沙灘啊，就是沿岸的一整片沙地。」
「那樣有什麼好玩？」

「呃……例如踩著拍打海岸的浪花互相潑水……」

「魯迪烏斯，你又露出奇怪的表情。」

「嗚……」

看來我很容易把心情表現在臉上。

覺得自己大概一臉下流的我伸手掩住臉孔，艾莉絲卻笑容滿面地把頭轉往大海的方向。

「不過，聽起來很有趣！晚一點再過去吧！」

她高高興興地用力踢向地面，一翻身跳上蜥蜴。

真是精彩的跳躍，居然只靠腳踝的力量就讓身子騰空飛起。如果以狀聲字來形容大概是「颼」一聲的感覺吧？艾莉絲的下半身受過相當充分的鍛鍊。

雖然這件事本身並不壞……不過她將來應該不會變得滿身肌肉吧？

我感到有點擔心。

★　★　★

我們決定投宿地點並把蜥蜴暫時交給馬廄保管後，首先前往冒險者公會。

溫恩港的冒險者公會。

裡面擠滿了形形色色的冒險者們。雖說是熟悉的景象，不過感覺人族似乎變多了。要是渡海前往米里斯大陸，大概比例會變得更高吧。

看到我一如往常，首先採取的動作是移動到告示板前方後，瑞傑路德露出疑惑的表情。

「不是要立刻搭船渡海嗎？」

「我只是想參考一下，因為聽說米里斯大陸那邊的收入比較高。」

米里斯大陸那邊的收入比較高。

這是因為流通的貨幣不同。

米里斯大陸的貨幣分為六種：王鈔、將鈔、金幣、銀幣、大銅幣、銅幣。

如果把魔大陸最低價的貨幣「石錢」設定成一日幣並進行比較，大概會是以下的感覺：

王鈔　五萬
將鈔　一萬
金幣　五千
銀幣　一千
大銅幣　一百
銅幣　十

在魔大陸上，Ｂ級委託的報酬大約是十五到二十枚屑鐵錢，換算成石錢就是一百五到兩百枚。

至於米里斯大陸的Ｂ級工作，如果假設是大銅幣十五枚，換算成石錢就是一千五百枚。

相差十倍，所以當然是去米里斯賺錢比較有利。

只是，萬一要等一段時間船才會出航，大概還是得在魔大陸這邊也接些委託吧。

基本上我們只承接Ｂ級工作。因為Ａ級和Ｓ級不但危險，而且經常必須耗費一星期以上的時間。如果想找幾天內就能達成的穩定工作，Ｂ級是首選。

基於這理由，我們不打算把冒險者層級提升到無法承接Ｂ級委託的Ｓ級。

既然成為Ａ級冒險者就能夠承接Ｓ級的委託，那麼為何還要設定Ｓ級冒險者呢？我一開始抱著這種疑問。

向職員請教後，才知道成為Ｓ級冒險者後似乎可以獲得一些優待。

我對這部分並沒有詳細調查因此不是很清楚，不過好像可以獲得更優惠的住宿費折扣，公會方面也會幫忙接洽更好賺的工作，還會對一些違規行為睜一隻眼閉一隻眼等等。

然而基本上，能從這類優待中獲得較多好處的人，其實是那些以探索迷宮為主的冒險者。

但是我們不挑戰迷宮。

畢竟很危險，而且也需要較長時間。再加上我們承接的委託是以Ｂ級為中心，因此目前並沒有成為Ｓ級冒險者的預定，不過艾莉絲似乎想升上去。

啊，離題了。

總之，我們是為了賺錢才當上冒險者，既然米里斯那邊能賺到比較多錢，最好立刻搭船出發。

「話說起來，船是從哪裡出發呢？」
「當然是港口。」
「我意思是港口的哪裡……」
「你自己去探聽一下啊。」
「Yes,Sir！」
我前往櫃台。
站在那裡的職員是人族的女性。不知道為什麼，負責櫃台的人員大部分是女性，而且同樣不知道為什麼，是波霸的機率也很高。是為了讓冒險者的眼睛能吃冰淇淋嗎？
「我想前往米里斯大陸，請問妳知道該去哪裡嗎？」
「這類問題請去詢問關卡。」
「關卡？」
「因為搭船後會跨越國境。」
意思是這種事情不歸公會管轄而是國家之間的問題，所以公會職員沒有義務代為說明嗎？
嗯，既然是這樣，就前往關卡吧。
去那邊問清楚詳細情報……
「你這傢伙！」
我正在思考，就聽到一個叫聲響遍整個公會。

回頭一看，艾莉絲正在痛扁一個人族男性。我們的核彈頭今天也精力旺盛。

「你知道、你是、摸了、哪個人的、哪裡嗎！」

「這……這只是意外！誰會想摸妳這種小鬼的屁股！」

「我管你是意外還是怎樣！你道歉的態度根本不夠誠懇！」

艾莉絲的魔神語已經變得相當流利，而且隨著她越來越進步，和別人吵架的次數也越來越多。

果然能聽懂對方發言就會出事呢。

「嘎哈哈哈！怎麼了怎麼了？吵架了？」

「打啊打啊！」

「喂喂，輸給小孩也太丟臉！」

順便一提，冒險者之間的衝突似乎是家常便飯，公會方面並不太插手。

甚至反而有那種會積極開賭的職員。

「我要踩爆你！」

「抱……抱歉！我認輸，饒了我吧！別抓住我的腳！住手啊～！」

我正在胡思亂想，艾莉絲已經迅速把對方打倒在地。

尤其是到了最近，她把對手逼上絕境的技巧已經到達登堂入室的水準。不但會毫無前兆地突然暴怒，還會使出確實的手段來追殺對手。還沒弄清楚她到底是在氣什麼時已經被打倒在地，男性要害也受到連續踐踏攻擊。
一般的C級冒險者根本無法因應。
然後，艾莉絲攻擊一陣子之後，瑞傑路德就會出面制止。
「夠了。」
「……什麼嘛！別阻止我啊！」
「已經分出勝負了，到此收手吧。」
這次也是瑞傑路德把艾莉絲當貓一樣拎起來，制止她的行為。男子趁機連滾帶爬地逃走。
「可惡！瘋婆子！」
這是常見的光景。如果是我，通常很難讓她停手。因為我每次從艾莉絲背後抱住她時，雙手總是會擅自亂動。萬一不受控制的手去揉到奇怪的地方，接下來就會輪到我自身遭遇生命危險。
「光頭和凶暴的紅髮小丫頭……！你們幾個難道是『Dead End』嗎？」
某個人如此大叫，這瞬間公會內立刻陷入一片安靜。
「『Dead End』是指那個斯佩路德族的……？」
「白痴！是隊伍名稱！就是最近傳聞中的那個冒牌貨！」
「不過我也聽過他們是真貨的傳言。」
哦？

「還有雖然凶惡，但本性不壞……」

「凶惡但本性不壞的講法根本自相矛盾吧。」

「不，意思是並非所有成員都很凶惡……」

公會內開始吵雜起來。

第一次碰上這種狀況，看樣子我們幾個已經變得相當出名。

在這個城鎮裡，或許不需要推銷瑞傑路德的名聲吧。

「畢竟他們只有三個人組隊就成為A級冒險者……」

「嗯，真了不起。不過無論是真貨還是假貨，那兩人的確能讓人信服。」

「你是說『狂犬艾莉絲』和『看門犬瑞傑路德』吧？」

艾莉絲和瑞傑路德居然有了外號！

話說回來，叫「狂犬」和「看門犬」啊……為什麼被比喻成狗？還有，我會是哪種狗？

來試著猜想一下吧。

鬥犬……沒可能。我不曾做出那種會讓自己顯得很帥氣的行為，應該不是那種感覺很勇猛的類型。

要我自己取名的話就是奶油犬……但是這一年以來，我自認自己都是以隊伍參謀的身分來行動，所以果然會是個比較知性的外號吧。

例如忠犬之類。

「那，那個站在遠處的矮子就是『飼主魯傑魯德』嗎！」
「我聽說『飼主』是其中最黑心的傢伙。」
「是啊，據說他專門幹一些壞事。」
我感覺自己狠狠摔了一跤。
名字錯了……連名字都沒有被人記住。
不，的確，我經常使用瑞傑路德的名字。
例如每次做了任何好事，就會說：「我們是『Dead End』的瑞傑路德，多多關照。」至於做了壞事時，則是會大笑著說：「我叫魯迪烏斯，呼哈哈哈哈！」
然而就算是這樣，把兩個名字混在一起還是太誇張了吧？
唔～一年以來做了不少事情，卻只有自己的名字沒被人記住，這讓我有點受到打擊。
……不過算了。看樣子是在負面形象方面打出名聲，不是本名也沒啥不好。
而且當飼主也不錯吧？真想把艾莉絲套上項圈牽著到處走。
「話說回來他的個子真的很小。」
「那部分一定也很小，畢竟是小孩子嘛！」
「喂喂，說他小，會被關門放狗攻擊喔！」
「嘎哈哈哈哈！」
一回神，才發現被眾人拿完全無關的事情嘲笑。然而很遺憾，我最近成長得很順利。現在還是竹筍，但想來不久之後就會成為挺拔的竹子。

啊，不妙。聽到這類嘲笑，艾莉絲大概又會抓狂……我原本這樣認為，卻發現她正在偷瞄我，臉上還帶著紅暈。

哎呀真可愛。

「艾莉絲，妳怎麼了？」

「沒……沒什麼啦！」

噗呼呼，如果有興趣，今天晚上可以來偷看我洗澡喔。別擔心，我會事先確實說服瑞傑路德。甚至要一起洗也沒問題，不過在那種情況下，也許我的手或腳還是身體或舌頭可能會不小心滑一下吧。

總之，先不開玩笑了，得移動到關卡去。

就來擺出飼主的樣子，以充滿威嚴的態度離開這裡。

「艾莉絲！瑞傑路德多利亞先生！走了！」

「為什麼你有時會叫錯我的名字……」

「哼！」

在周圍視線的目送下，我們離開冒險者公會。

★ ★ ★

我們到達關卡。這個城鎮雖然位於魔大陸，然而搭船後到達的目的地卻是米里斯神聖國的領土。

攜帶貨物入境時要繳納稅金，入國時也必須支付金錢。

不知道是為了防止犯罪，或者只是單純唯利是圖。

算了，理由並不重要。我原本想得很輕鬆，認為既然要付錢，就乾脆付錢了事吧。

「我們共有兩名人族和一名魔族，總共要多少錢？」

「人族是鐵錢五枚……魔族是哪個種族？」

「斯佩路德族。」

關卡的官員以嚇了一跳的表情望向瑞傑路德。

看到他光禿禿的腦袋後卻重重嘆了口氣，沒什麼幹勁地回應：

「斯佩路德族要綠礦錢兩百枚。」

「兩……兩百枚？」

這次換我大吃一驚。

「為……為什麼那麼貴？」

「不必解釋你也懂吧……」

斯佩路德族的搭船費用特別貴的理由？

我當然明白！畢竟至今為止都在魔大陸上旅行，所以我很清楚。斯佩路德族是個受人厭惡嫌棄的種族，也曾經遭受無憑無據的迫害。

但是，這價錢還是太貴了。

「為什麼是這麼離譜的金額？」

「我哪知道，去問決定的人啊。」

「大叔你的推論是？」

「嗯？噢，我猜是防恐對策吧。例如是為了防止有人把斯佩路德族當成奴隸送到米里斯大陸，然後在那邊作亂鬧事。」

似乎是這麼回事，這下我知道斯佩路德族被當成炸彈。

「你們就是那個『Dead End』吧？冒牌的斯佩路德族。搭船時會仔細調查種族，就算在這邊打腫臉充胖子付了兩百枚綠礦錢，也只是在浪費錢喔。」

官員很好心地提出這種忠告。

換句話說，即使瑞傑路德在這裡假裝成米格路德族，後面也會被抓包嗎？

「要是假冒別的種族會被罰款嗎？」

「……只要付出大把金錢就不會。」

根據官員的情報，似乎只要付錢，基本上都能過關。

真是拜金主義。

★
★
★

離開關卡後，太陽已經下山。我們回到旅社準備吃飯。

旅社提供港都特有的海鮮料理作為晚餐。

今晚的主菜是跟拳頭差不多大的貝類，調味類似大蒜奶油，再加點酒蒸熟。好吃。在魔大陸上吃過的料理中，這是最好吃的一道。

「這個好好吃！」

把整張嘴塞滿的艾莉絲看起來很開心。

這一年以來，她已經把阿斯拉王國形式的餐桌禮儀忘得差不多了。

先用右手的刀子切開食物，再直接戳起來送進嘴裡。儘管沒有糟糕到直接用手抓來吃，不過實在沒有什麼禮儀可言。

負責教導艾莉絲禮儀規矩的艾德娜老師要是看到這副模樣，說不定會哭出來。

這也是我的錯嗎……

「艾莉絲，妳這樣很沒規矩！」

「嚼嚼……有誰會在意什麼規矩啊！」

連瑞傑路德都比較文雅。不過話說回來，我自己也不能算是有水準到哪裡去。我完全不用刀，只靠叉子切開食物。因為只要滑動叉子，食物就會像奶油一樣被順利切開，讓人有種像是高手出招的感覺。

「好啦，雖然飯才吃到一半，不過接下來要開始舉行今天的作戰會議。」

「魯迪烏斯，吃飯時講話很沒規矩喔！」

艾莉絲以裝模作樣的態度這樣告誡我。

★★★

吃完飯把肚子撐得圓滾滾之後，我們開始作戰會議。

「渡海費用要綠礦錢兩百枚，真是天文數字。」

「抱歉，都是我不好。」

瑞傑路德一臉憂鬱。

我也沒有料想到居然會是這種金額。

老實說對於渡海費用，我估算得很樂觀。原本以為只要稍微賺點錢就能很快搭上船。

實際上，人族是鐵錢五枚，其他魔族頂多也只要綠礦錢一枚或兩枚。

只有斯佩路德族的價錢異常昂貴。

「老爸，不必說那種話啦。」

「我不是你的父親。」

「我知道，只是開個玩笑。」

話說回來，綠礦錢兩百枚嗎……

這可不是一般的金額。

就算我們留在這個城鎮，以A級、S級委託為中心努力賺錢，也不知道究竟要花上幾年。

看樣子米里斯大陸真的非常不歡迎斯佩路德族。

「不過傷腦筋啊……又不能只把瑞傑路德丟下。」

把瑞傑路德丟下……這是最直截了當的方法。

我們已經相當習慣身為冒險者的生活，即使少了瑞傑路德，也能夠繼續旅程吧。

話雖如此，我當然沒打算那樣做。我們要和瑞傑路德一起同行，直到旅程的最後。

這就是所謂的我等友情永遠不滅。

「當然我不會把瑞傑路德丟下。」

「那該怎麼辦？」

「方法……有三種。」

我邊說邊豎起手指，表示出「三」這個數字。凡事都要從三這個數字開始。

因為任何時刻場合，總是存在著前進、後退、原地不動這三種選項。

「哦……」

「真厲害，居然有三種方法……」

「哼哼。」

詳細說明要再等一下，因為我還沒想到……呃……

「首先，第一種方法是靠委託賺錢，然後再前往米里斯大陸的正當方式。」

「不過那樣……」

「嗯，太花時間了。」

如果專心賺錢，或許能在一年內存到足夠費用。

問題是過程中說不定會發生什麼意外，例如不小心弄丟錢包之類。

「第二種方法是前往迷宮，取得魔力結晶和魔力附加品。雖然辛苦，不過或許能一口氣就賺到足以前往對岸的金額。」

魔力結晶可以賣得高價。雖然我並不清楚具體能賣多少錢，不過只要在關卡交給官員，應該至少會通融斯佩路德族渡海。

「迷宮！這方法不錯，我們去吧！」

「不行。」

瑞傑路德駁回挑戰迷宮的提案。

「為什麼！」

「迷宮很危險，會出現靠我的眼睛也無法完全識破的陷阱。」

瑞傑路德的眼睛雖然能夠辨別生物，但是對迷宮產生的陷阱似乎不會有反應。

「我好想去看看……」

「雖然是自己說出口的提案，不過我並不想去。」

只要慎重前進或許能夠應付，然而我這人就是粗心大意，絕對會在哪裡犯下致命錯誤。所以應該要聽從瑞傑路德的建議。

「第三種方法是去尋找藏身於這城鎮某處的走私販子。」

「走私販子？那是什麼？」

「在越過這類國境時，如果想要輸入貨物，必須繳納稅金。這次官員要求我們支付的金錢也是同樣的費用。我想如果是商人，恐怕連商品也要繳稅吧。」

「是那樣嗎？」

「沒錯。」

如果不是那樣，怎麼可能會因為種族不同而必須繳交不一樣的金額。

「其中大概會有必須繳納驚人稅金的物品吧。有些人就是經手這種無法公開運送的貨物，所以應該會有業者願意用比稅金便宜的價格幫忙他們運送。」

嗯，這種業者也有可能根本不存在啦。不過只要能和那方面的人士談妥條件，大概會願意以遠比綠礦錢兩百枚便宜的金額送我們渡海吧。

關卡設定的價錢顯然很奇怪，即使稍稍違反一點法律，想來也不會遭報應……

只是話說回來，我才剛學到只要往輕鬆方向前進就會遇上陷阱的教訓。

所以雖然基本上還是有把這方法列為選項之一，但盡可能不想做壞事。

總之，一時之間能想到的方法就是這三種。

・走合法途徑慢慢賺錢。

・前往迷宮試著一獲千金。

・拜託非法的業者。

無論哪個選項都不怎麼樣。

啊，對了。其實還有一個手段。

那就是賣掉我的魔杖「傲慢水龍王」。這把杖是裝著大型色魔石，由阿斯拉王國製造的珍品，應該能賣到足以讓斯佩路德族渡海的價錢吧。

不過，略過損失和利益不論，其實我盡可能不想賣掉這東西。

畢竟這是艾莉絲特地送我的生日禮物，也一直謹慎使用至今。

真要把這東西賣掉，我想瑞傑路德和艾莉絲大概都不會贊成。

★　★　★

那天晚上，我在夢裡獲得了神諭。

人神說，要我去攤位購買大量食物，隻身前往小巷子裡尋找。
雖然覺得非常麻煩，不過出於無奈，就特別積極思考這指示的可行性吧。
「是出於無奈啊……？」
因為啊，光講到食物和小巷這兩個關鍵字，我就已經明白事件的內容。
「你已經推測出來了？」
反正就是那樣吧？會遇上一個餓著肚子的迷路小孩吧？
然後那個小孩還會被奇怪的男人糾纏吧？
「正是如此，你真了不起！」
接下來，救了那小孩之後，才知道原來對方是造船公會老闆的孫子～就是這麼回事吧？
「呼呼呼，這部分要到明天才會真相大白，敬‧請‧期‧待。」
講什麼敬請期待，明明至今為止從來不曾發生過那種有趣的發展吧。是說，喂！你這傢伙一年沒出現了啊！我還以為你再也不會出現所以鬆了口氣！
「哎呀～之前你不是因為我的建議而陷入複雜的狀況嗎？所以有點不好意思出現。」
哼！神明大人真的會感到不好意思嗎？
你可別搞錯，那次是我擅自犯錯。
不過順便問一下，請告訴我當時該怎麼做才算是正確答案？
「你問我正確答案喔……其實只要正常地把那些傢伙交給衛兵，應該就能和瑞傑路德建立起良好關係。」

咦？那次是如此簡單的事件嗎？

「是啊。沒想到你會把那些傢伙拉攏成同黨，之後還被冒險者公會裡的小混混盯上，真是完全出乎我的預料。不過對我來說，旁觀起來倒是很有趣啦。」

我可完全不覺得有趣。

「不過，多虧我的建議，你們才能只花一年多就來到這裡吧？」

你是想說反正最後是好結果所以別計較？

「凡事都以結果代表一切嘛。」

嘖！真讓人不爽。

「是嗎？算了，也無所謂。那麼……看你心情很差，我就消失吧。」

等一下，我想先確認一件事。

「什麼事？」

對於你的建議，該不會別想太複雜反而能順利進行吧？

「對我來說，你想得複雜點反而有趣。」

啊～原來如此啊！是這麼一回事。我明白了，我要先在此宣布。下次絕對不會出現有趣的狀況。

「呼呼呼，真讓人期待。」

期待……期待……期待……

一邊聽著回音，我的意識也逐漸下沉。

第二話「陰錯陽差・上篇」

人神提出建議的隔天。

我雙手抱著在攤位上買來的食物，來到小巷子裡徘徊。

手邊的食物全都是串燒。有類似干貝的貝柱串燒，類似竹筴魚的整尾烤魚，還有好幾串不知道是什麼的海鮮串燒。雖然人神叫我去攤位買食物，但是並沒有特別指定種類。所以我優先購買了比較方便攜帶的東西。

上次想太多了。

就像是外行人下廚卻想自己加上變化結果失敗那樣，想得太過複雜，最後反而下場悲慘。這次我要試著反過來老實聽從人神的指示。心無雜念地依言購買食物，然後率直地面對應該會在小巷子裡發生的事件。

不要多想。

這只是角色扮演遊戲。接下來發生的事情只是偶然的意外，不要想得那麼複雜，順其自然解決吧。

那傢伙喜歡有趣的情況，我自己鑽牛角尖正符合他的企圖。因此只要乖乖照辦，當然不會顯得有趣。我抱著這種想法閒晃幾分鐘之後，突然察覺到一件事。

「咦？這樣的話不是正稱了那傢伙的心嗎？」

被騙了。被那傢伙的花言巧語迷惑，我正在按照他的想法行動。

一旦有所察覺，真的很讓人火大。居然被他玩弄於掌中……

回想起初衷吧，回想起第一次見到人神時的心情。

絕對不可以相信那傢伙。

好，這次是我最後一次按照那傢伙的心意行動。就算是觀察情況，這次還是聽從他的建議行動，不過下次絕對不再照辦。我不會再隨便他擺布了！哼哼！

★★★

我靜靜地走在小巷中。

隻身一人。

為什麼要我一個人來呢？這大概是這次建議的關鍵要素，說不定會發生如果瑞傑路德或艾莉絲在場會造成困擾的情況……不，不需要想太多，只要認為要是能碰上啥可以爽到的發展，那就算是賺到吧。
我有事先告知瑞傑路德和艾莉絲，說我今天要和他們分開行動。因為放艾莉絲一個人會有危險，還拜託了瑞傑路德擔任護衛。說不定他們這時候兩人正一起去海灘逛逛。
「咦……那樣不就是約會嗎？」
我的腦中浮現出他們身影消失在海邊岩石後方的景象。
不不不不，怎麼可能。冷……冷冷……冷……冷靜。
仔細想想，是「那個」艾莉絲和「那個」瑞傑路德啊。
不會有那麼煽情的發展，只是在顧小孩而已，顧小孩！
可是！畢竟瑞傑路德很強！
艾莉絲似乎很尊敬他！不像最近的我，根本被當成飼主！
不不……我到底在緊張什麼呢？
呼……沒問題吧，瑞傑路德先生？你不會做出NTR（睡走別人對象）的行為吧？真的不要緊吧……？該不會我回去以後，卻發現兩人的距離莫名接近？
我……我相信你喔！
…………總之，我開始模擬和瑞傑路德對戰時的狀況。
近身戰鬥沒有勝算。
如果想要解決那傢伙，首先必須退到額頭寶石的搜索範圍之外。然後，要用水來打倒他。

因為那傢伙阻止了艾莉絲去海水浴的計畫，所以也為了讓他嚐到教訓，要用水攻。製造出大量的水，直接把那傢伙沖進海裡，這下了事！就讓他漂流到死吧。

哼哼哼……啊，千萬別誤會，我當然相信瑞傑路德。

不過該怎麼講？你知道，就是那回事嘛。

俗話不是說，戀愛就是戰爭嗎？

★ ★ ★

小巷子裡很安靜。

一般講到小巷子，會讓人聯想到聚集著一些不良分子的印象。實際上，像我這種純潔年幼又天真無邪的小孩子走在小巷裡，隨即會被綁架販盯上。

在這個世界裡，綁架人口是最普及且好賺的犯罪行為之一。不過，要是有人意圖對我下手，我會打殘對方的雙手雙腳然後逼問出根據地，先把值錢東西全搜刮一空再移交給當局處置。

「嘿嘿嘿，小姑娘，只要跟我走，就讓妳吃到飽喔。」

我正在思考這種事情，卻聽到小巷裡傳來這樣的發言。

探出身子瞄了一眼，只見有個少女坐在牆邊，一名一個長相凶惡的男子正拉著她的手。

真是個相當明顯易懂的構圖。

先下手為強。我舉起魔杖，把速度調整成差不多可以造成職業拳擊手刺拳的衝擊力，接著對著那傢伙背後發射岩彈。

這一年以來，我已經相當擅長像這樣手下留情。

「好痛！」

趁著對方回頭，再賞一記。這次力道加強了一些。

「嗚……！」

伴隨著清脆響聲，岩彈在男子臉上碎裂。

他搖搖晃晃地踉蹌幾步，接著身體一軟慢慢倒下。

應該沒死吧？力道調整得似乎不錯。

「妳沒事吧，小姐！」

我盡可能擺出爽朗和善的表情，把手伸向差點被男子帶走的少女。

「唔……唔唔……」

那是個身穿暴露黑色皮衣的年幼少女。

皮製小可愛、皮製的熱褲、及膝的長靴。

膚色蒼白，鎖骨、腰部、肚臍、大腿全都裸露在外。

最驚人的是那一頭蓬鬆的紫色捲髮，還有類似山羊的角。

只看一眼我就知道。

她是女性夢魔（Succubus），而且是幼女型。

毫無疑問年紀比我還小。

說不定這是人神給我的獎賞，沒想到那傢伙偶爾也會做出很識相的行動。

……不，她不是女性夢魔。

在這個世界裡，女性夢魔這種族被視為魔物。

記得她們棲息於貝卡利特大陸，而且保羅還難得地以一臉嚴肅表情說過：「我們一族無法贏過那些傢伙」。要是真的碰上女性夢魔，我恐怕也會被輕易打倒，毫無抵抗能力吧。

女性夢魔是格雷拉特家的天敵。

算了，這事先放一邊去。城鎮中沒有魔物，換句話說，她不是女性夢魔。

只是個打扮誘人的魔族小孩。

「唔……唔唔唔……你……你這傢伙做了什麼……！」

年幼少女全身發抖。

「這……這個人……這個人是……！」

臉上露出完全不敢置信的表情。

就像是在抗議我怎麼可以做出那種事。

「啊，抱歉，你們認識？」

雖然嘴上這樣問，但我依舊不解地歪了歪腦袋。

那個中年人的表情並不像是在對認識的小孩搭話。該怎麼形容？那種樣子完全就是個興奮的蘿莉控大叔。看，這泛紅的臉，即使失去意識也依然顯得下流的笑容。就像是接下來準備把年幼小女孩帶回家，提供豐盛餐點和溫暖睡床，不過代價是會要求小女孩提供熱情夜晚的那種感覺。

「這個人……願意對餓肚子的本宮……提供食……食物……」

不知道哪裡傳來轟隆隆隆隆的聲音。

聽起來像是大地在震動。聲音結束的同時，年幼少女雙膝一軟跪倒在地。

「妳……妳還好嗎？」

我不由自主地跟著蹲下，伸手抱住她。

難得有正當理由可以接觸小女孩，怎麼能放過這種大好機會。

不過可別誤會，我是基於人神的命令才來幫助她。

和剛才那個中年大叔不同。

「嗚……嗚嗚嗚……復活後過了三百年，居然在這種地方倒下……這種事情絕對不能讓拉普拉斯知道……」

不知怎地，她開始裝模作樣地演起戲。該不會這身打扮是某種 Cosplay 吧？

「總……總之妳先吃下這個，振作一下。」

我拿出三根事先準備的串燒，一口氣塞進年幼少女的嘴裡。

「嚼嚼嚼嚼。」

被插入的那瞬間，年幼少女突然瞪大雙眼，然後保持這表情，迅速把串燒吃光。

接下來甚至強行奪走我手上的串燒。原本還剩下十二根，轉眼間就消失了十根。

「嗚……嗚喔喔喔！好吃！隔了一年的食物真好吃！」

年幼少女恢復精神，只靠背部使力就猛然跳離地面，空翻一圈後站起。沒想到她的身體能力如此優秀。

「隔了一年……再怎麼說也太久沒吃了吧？」

又不是大王具足蟲……

「嗯？罷了，本宮也沒有仔細計算日數……不過，根據那種餓肚子的感覺，應該隨便都能超過一年。」

原來如此，我看大概頂多只有兩天吧。

「話說回來你真是幫了大忙！幫了大忙呢！這下大概可以再撐個一年！」

年幼少女到此才總算和我對上眼。

她的眼睛有著一邊紫一邊綠的異色虹膜，這也是在 Cos 什麼嗎？不，這世界沒有角膜變色片，應該天生就是這種顏色吧。

「哦？」

年幼少女的右眼突然轉了一圈，眼珠也瞬間變成藍色。

好……好噁心！

「嗚哇！嗚哇！你這傢伙是怎麼回事？超噁心！這是什麼？這是什麼？呼哈哈！本宮第一次碰上這種狀況！」

一看到我的臉，年幼少女就激動地講出這些話。

……沒錯，我當然大受打擊。

因為我好久沒被人當面批評為噁心了。不過，我也覺得她很噁心，這次就算扯平吧。

「是那樣嗎？在娘胎裡是雙胞胎，結果出生時已經死了一個，沒錯吧？」

……什麼？她在說啥？

「不，我想沒有那種事。」

「是嗎？」

「嗯。」

「不過你的魔力量……比拉普拉斯還高。」

什麼東西比哪個人還高？

我有點聽不懂她這話是什麼意思。

不管是眼睛還是言行舉止，或許她是個相當有毛病的女孩。

「算了，報上名來！」

「……我叫魯迪烏斯・格雷拉特。」

「好，本宮是奇希莉卡・奇希里斯，人稱魔・界・大・帝！」

她雙手扠腰，把上半身往後仰，因此胯下部分跟著往前挺。

看到大腿突然出現在眼前，我不由自主地舔了一下。

有臭味，但是很甜！

「呀啊！你做什麼！好髒！」

年幼少女縮起膝蓋擺出內八動作，邊瞪著我邊用力摩擦剛剛被舔到的地方。

不過，原來如此啊。

我也曾聽說過魔界大帝奇希莉卡・奇希里斯這名字。她是在人魔大戰中率領魔族戰鬥，結果三兩下就被打敗的不死身魔帝。

是本尊嗎？我是聽從人神的建議才會來到此處，這少女的確有可能是真的魔界大帝。

可是，真正的魔帝會在這種魔大陸的邊緣城鎮因為餓肚子而倒在路邊嗎？

……再怎麼說也太扯了。

對了，魔大陸的小孩經常像這樣，玩一種假裝自己是過去偉人的遊戲。

特別受歡迎的人物是魔神拉普拉斯。雖然對於知道真相的我來說那是個讓人反胃的人物，不過那傢伙的確很受歡迎。儘管在戰爭中落敗，但他還是平定了魔大陸，給予魔族一定水準的地位，還帶來和平。所以被稱為是魔族史上最了不起的偉人。

孩子們會模仿拉普拉斯的故事。尤其是和不死身魔王戰鬥的那段插曲，在來到溫恩港的路程中，我曾經目睹過好幾次。至於魔界大帝奇希莉卡雖然也可以說是偉人，然而或許是因為年代古老，我沒看過有哪個小孩子假扮她。

這女孩一定是魔界大帝的熱烈粉絲，卻沒有朋友願意和她一起玩，才會一個人待在小巷子裡吧。這種推論比較合理。

嗯，孤單一人果然很寂寞呢。沒辦法，就配合她一下吧。

「哎……哎呀！真是冒犯了，陛下！」

我誇張地裝出必恭必敬的態度，單膝跪地擺出臣下行禮的動作。

「哦？喔喔喔喔！很好很好，本宮就是在等這樣的反應！最近的年輕人根本一點禮貌都不懂！」

奇希莉卡似乎很愉快地頻頻點頭。

嗯嗯，是啊，果然會想要有人陪自己玩嘛。

「在下完全不知道您已經復活，才會表現出那麼失禮的態度，懇請饒恕。」

「不要緊！你這傢伙救了本宮一命，允許你提出隨便任何一個願望。」

說什麼救了一命，只是看到她肚子餓所以給了食物而已啊。

「呃……那麼，請賜給我大量財富。」

「蠢貨！正如你所見，本宮一貧如洗！」

她剛剛明明說隨便任何一個……算了，或許就是那種設定吧。

可能以前發生過和魔界大帝要求金錢，她卻回答沒有錢的故事。

「……那麼，請給我一半的世界。」

「什麼！你想要一半的世界！真是龐大的願望！不過也很半吊子，為什麼只要一半？」

「噢，因為我不要男人。」

哎呀糟了，一不小心就講出真心話。這不是該告訴小女孩的事情。

「是嗎，原來如此啊……明明年紀還小卻是個好色的傢伙。不過，抱歉。其實本宮也不曾征服世界……」

也是啦，奇希莉卡掛帥的戰爭全都是魔族落敗嘛。

「那，乾脆就要身體吧，請用身體支付報酬。」

「哦哦？身體嗎？小小年紀就好色至此，真讓人擔心你的將來！」

「哈哈，我當然是開玩……」

我正想解釋自己只是在開玩笑，奇希莉卡卻把手放到熱褲上。

「實在沒辦法。這次復活後是第一次，你要溫柔點喔。」

她紅著臉開始緩緩把熱褲往下拉。

咦？真的嗎？我只是想要耍嘴皮而已耶。

不過現在已經演變成無法以玩笑帶過的氣氛。所以還是先仔細欣賞小女孩的脫衣舞之後，再以自己不夠格碰觸陛下玉體之類的藉口來委婉拒絕，這才是最合理的做法吧。

「啊，不行。」

可是，奇希莉卡卻停手了。別停啊，只差一點點似乎就能看到。

「這次已經有未婚夫了，所以抱歉，這裡不能給你。」

已經往下拉的熱褲又被拉了上去，我有種男性純情遭到玩弄的感覺。

話說回來，金錢不行，世界不行，身體也不行。

「……所以，到底能給什麼？」

「蠢貨！講到魔界大帝奇希莉卡能賜予的東西，當然是魔眼啊！」

是那樣嗎？

畢竟我實在不清楚這世界的英雄傳說嘛。

話說起來，基列奴的眼睛好像也是魔眼？

不過，魔眼啊……

「講到魔眼，就是能看出對手的死線，砍斷死線之後就能確實殺死對方的……」（註：出自TYPE-MOON的《月姬》、《空之境界》等作品中的角色特殊能力）

「真恐怖！那是什麼！本宮沒有那麼恐怖的東西！」

看來她沒有那種魔眼。不過講到其他我知道的魔眼，大概只剩下能把對象變成石頭之類的能力。

可以從眼睛裡射出光線的射線眼或是雷射眼大概不包含在魔眼的範圍內吧。

「居然想要那麼危險的玩意兒……你是和哪個人有深仇大恨嗎？」

「不，也沒有。」

「復仇不會帶來任何成果。本宮也被殺死兩次過，但是現在並不怨恨那些人。一旦對他人抱著怨恨，這恨意就會產生連鎖，最後就導致了人魔大戰。」

居然被小女孩說教。

算了，我又沒有想把哪個吸血鬼分屍，所以其實也無所謂啦。

「是說，我對魔眼實在不太清楚，有哪些種類呢？」

「唔，因為本宮才剛復活，沒什麼厲害東西。有魔力眼、識別眼、透視眼、千里眼、預知眼、吸魔眼……大概就這些吧。」

就算列舉出名稱我還是不知道是什麼啊。

「能請妳一一說明嗎？」

「嗯？這樣還不懂嗎？真是，最近的年輕人都不學無術，這怎麼行……」

雖然嘴上抱怨，但奇希莉卡還是為我仔細講解。

「首先是魔力眼，這是能夠直接看到魔力的眼睛，也是最普遍的魔眼，差不多每一萬人裡就會有一個人擁有。」

「哦……也就是最受歡迎的魔眼嗎？」

「識別眼，注視物體後，就能看出對象物的詳細情報。不過，僅限於本宮所知的情報，如果是本宮不知道的事情則會顯示不明。」

「原來如此，等於是字典呢。」

「透視眼，可以看穿牆壁之類的物體，不過生物和具備高濃度魔力的部分就無法透視。這魔眼能讓人盡情欣賞女孩子的裸體，最適合好色的你吧。」

「如果看到的東西不是人體骨骼模型，的確讓人滿心期待。」

「千里眼，可以看到遠處。不過很難對焦，而且只能旁觀無法出手，所以不太推薦。」

「畢竟視覺要配合觸覺才有價值嘛。」

「預知眼，能看到幾秒後未來的眼睛。雖然也很難對焦，不過還是推薦。」

「那種把眼光往前看向下一步的企業感覺會很想要這個魔眼。」（註：日本某間保險公司的形象口號）

「吸魔眼，能吸收魔力的眼睛。因為連自己施展的魔術也會被吸收，不太推薦。」

「不過這樣就能夠形成人體永動機呢。」

奇希莉卡熟知各種魔眼。

不知道她是從哪裡學來這些知識，是不是因為她的雙親懂得這些呢？或者是說不定這世上有魔眼大百科之類的書籍。

「那麼，我就拿兩種，讓雙眼都成為魔眼吧。」

「一開口就要兩個，真看不出來你這麼貪心……」

「好啦，再給妳一串肉。」

我遞出最後兩根串烤，奇希莉卡笑容滿面地收下。

「耶……嚼嚼，不過，要給兩個是可以，但本宮不推薦。」

「為什麼？」

「因為平常就看得到會造成困擾，一般來說會戴上眼罩遮蔽視線，但是雙眼都蓋住要怎麼行動？」

「啊～說起來我認識的人的確也戴著眼罩。」

我的劍術老師就戴著眼罩。既然眼罩下方的眼睛並沒有受傷缺損，就代表那果然也是魔眼吧。

「活了幾百年的傢伙或許有能力控制，不過像你這樣的小孩要是一口氣獲得兩個魔眼肯定會發瘋。」

會發瘋……果然會對腦部造成負擔嗎？真恐怖。

「既然這樣，我還是不要拿兩個好了。」

「這才對嘛。你要哪個？本宮推薦的是預知眼……」

魔眼啊……如果能獲得，要選哪個比較好呢？

選魔力眼似乎有點太浪費這機會了。能看見魔力或許意外便利，但是奇希莉卡有說過滿多人都擁有這種魔眼。既然可以拿到，我還是想要比較珍奇的能力。

識別眼也不需要，因為就算看不懂也不會造成太大困擾。況且對於魔界大帝不知道的事物似乎就無法獲得情報，可以預想到這玩意兒在關鍵時刻會派不上用場。

透視眼同樣不需要吧。在我能控制之前，感覺會連瑞傑路德的裸體也看進眼裡。

有千里眼或許挺方便，不過，至今為止我並不曾產生過想要千里眼的念頭。如果能立刻獲得，就能知道瑞傑路德和艾莉絲的情況，不過我猜大概頂多只會看到艾莉絲正在對哪個人咆哮，然後瑞傑路德出面阻止她的光景。

至於預知眼……原來如此，的確是值得推薦的能力。目前進行近身戰鬥時，我無法打贏艾莉絲，也無法打贏瑞傑路德。因為這世界的生物都擁有很快的速度。如果能夠看見數秒之後的景象，對我來說的確會成為很大的有利要素。

吸魔眼根本不必考慮，畢竟那樣會減少自己身為魔術師的優勢。

不過，能事先知道世界上有這種魔眼實在太好了，不然有可能會落入因為所有能力都突然失效而不知所措的下場。

我認真地評估過後，結論是無論哪一種都得看自己怎麼利用。

算了，其實什麼都好。反正這只是在演戲。

「那麼，我決定選擇妳推薦的預知眼。」

「真的好嗎？至今為止就算本宮推薦，大部分的傢伙都還是選了其他魔眼。大家都說只能看到一瞬之後的未來又有什麼用。」

「只要能看到一秒之後，甚至可以掌控世界。」
話雖如此，這世界的劍士動作很快。就算能看到一秒之後的未來，說不定依舊無法打贏。
而且還有光之太刀那類的劍技。
「你真的不選透視眼嗎？能盡情欣賞女性裸體喔。」
這小ㄚ頭真是不解風情。沒錯，走在路上的美女和美少女全部呈現裸體的確會讓人興奮。
不過頂多也只有這樣，立刻就會看膩。像這種事情，去想像脫掉對方衣服的過程或是衣衫終於全部解開的光景，其實也是一種享受。要知道如果沒有穿著衣服，就無法欣賞到浮現出的激凸喔。
「是嗎是嗎？那你把臉靠過來一點。」
「是。」
「嗯，我戳～」
奇希莉卡突然把手指插進我的右眼。
一陣劇痛竄過。
「嗚啊啊啊啊啊啊——！」
我下意識地想往後退，然而頭髮卻被奇希莉卡抓住，無法逃走。
沒想到她力氣這麼大。
好痛好痛好痛好痛！

「嗚啊啊啊啊！妳……妳幹什麼啊死小鬼！」

「真吵，你是男孩子吧？稍微忍耐一下啊。」

她的手指在我的眼眶裡翻來攪去，過了一會才拔出。

——我的眼睛徹底失明。

「預知眼的顏色和你原本的色彩有點不同，不過遠看應該看不出來吧。」

「混帳東西！就算只是在鬧著玩，也有可以做和不該做的事情啊！」

「本宮是魔界大帝，才不會鬧著玩就說要把魔眼給你。」

混帳，我的眼睛，我的眼睛……嗄啊啊啊啊——嗯？

我的眼睛看得見，而且看東西還出現兩層影像……？

這是怎麼回事？好噁心。

「根據你注入的魔力，應該能讓重疊的影像盡可能變淡。嗯，總之你好好努力修行吧。」

「啊？咦？什麼意思？」

「意思是全看你怎麼做。」

奇希莉卡似乎很滿意地看著陷入混亂的我。她點頭的動作會留下殘像，問題是就算要稱為殘像，但第二層影像也顯得很鮮明。這到底是怎麼一回事？

「很好很好，你確實能看到吧？那麼，本宮差不多該走了，得去找巴迪岡迪才行。提供食物這事算是辛苦你了。」

語畢，奇希莉卡咚一下跳上屋頂。

「那麼，再會了，魯迪烏斯！要是再遇上困擾，可以來拜託本宮！呼哈哈哈哈！呼哈哈哈！呼哈哈哈哈哈……咳咳……」

形成都卜勒效應的大笑聲逐漸遠去。

我只能愣愣地聽著。

「咦？……是本尊？」

就這樣，我得到了「預知眼」。

第三話「陰錯陽差・下篇」

魔眼。

突然拿到這種東西，正常的反應想必是大吃一驚吧。為什麼魔界大帝會待在那種小巷子裡？為什麼會給我這種東西？

我的腦袋有點跟不上這種過於配合的好運發展。

然而，我是基於神諭行動，意思是這發展正符合那傢伙的心意。一想到這一點，我真想立刻把這隻眼睛挖出來踩爛。只是感覺會很痛也很恐怖，所以我並不會真的動手。

我決定總之先踏上歸程，卻不由得詛咒起自己的天真。

走在路上的行人都呈現雙重影像。一個是未來影像，另一個是實際影像。即使腦袋明白，但人的行動沒有規則。

因此目測錯誤的我撞上了其他人。

「喂！你走路不看路嗎！」

對方一看就是個凶神惡煞般的流氓。

下巴蓄著鬍鬚，臉上帶有傷痕。感覺不像是冒險者，而是那種盤據在城鎮裡的寄生蟲。

「真是不好意思，我眼睛不太方便。」

「眼睛不方便？那就貼著路邊走啊！給我聽好了，在這一帶，眼睛或耳朵有毛病的傢伙會用更自律的態度在路上走！」

被找碴了。雖然語氣嚇人，不過可以聽出對方並沒有那麼生氣，只是心情有點不好。

「以後我會多注意。」

「沒錯，要多注意！」

我不想和對方有更多牽扯，因此擺出退讓態度漂亮地應付過去。

流氓啐了一口，邁開步伐準備離開。

「嘖……啊，對了，我有件事情想問你。有沒有在這附近看到一個喝醉酒的蠢蛋？那傢伙昨天一個晚上沒回來。」

當流氓轉過身子的時候，我看到了。

〔一個盆栽直接打中流氓的腦袋。〕

這是反射性的行動。

我在右手上凝聚魔力，發動風魔術，把流氓打飛出去。

「嗚啊！」

流氓雖然滾了一圈摔倒在地，不過卻立刻做出減緩衝擊的動作並站了起來，瞬間拔出佩劍並把劍尖指向我。

「你這混帳，搞啥……」

這時，「哐」地一聲，一個盆栽掉了下來。

我和流氓都抬頭往上看。

只見上方有個一臉嚇傻的中年女性。

「對……對不起！你們沒事吧？」

「啊……嗯，沒事！」

我隨口回應後，女性返回家中。

流氓來回看著自己的位置和我還有那個盆栽，用力吞了口口水。

「……呃，我有看到一個醉漢倒在小巷子裡，大概是跟哪個人起了衝突吧。那麼，我先走一步了。」

我迅速講完這句話，然後離開現場。畢竟我可不想和那種流氓扯上什麼關係。
不管怎麼樣，這魔眼果然還是有點用處。
只是如果因為這個而再三引起麻煩也不是辦法，還是要盡快確實掌控才行。

★ ★ ★

回到旅社後。
把遇上魔界大帝的經歷說出來後，兩人都大吃一驚。
「魔界大帝嗎……沒想到她已經復活。」
難得看到瑞傑路德表現出驚訝的反應。
「我完全沒預料到會突然得到魔眼。」
「賜予他人魔眼是魔界大帝的能力。」
魔界大帝奇希莉卡．奇希里斯。
復活的魔帝，別名魔眼的魔帝。雖然戰鬥力沒什麼特出之處，然而據說她的體內隱藏著十二個魔眼，能夠看穿一切萬物。
其中最讓人畏懼的能力，是她可以把他人的眼睛變成魔眼。多虧有這能力，奇希莉卡讓所有的部下都擁有魔眼，成功取得足以統治魔族的力量。

據說還有一些魔族單純只是因為想要變強，所以加入奇希莉卡的麾下。

「她為什麼會在這個城鎮呢？」

「不知道，我怎麼可能會清楚魔王和魔帝的想法。」

瑞傑路德聳了聳肩。

也對，畢竟他連過去長年追隨的魔神真正想法都沒弄懂過嘛。

要是這樣回答大概會讓瑞傑路德非常消沉，所以我並沒有真的把這句話講出口。

至於艾莉絲，聽到魔界大帝這名詞後就興奮得雙眼放光。

「好棒啊，我也想遇到！」

「妳想遇到魔界大帝嗎？」

艾莉絲和奇希莉卡……讓這兩人湊在一起會說些什麼呢？我也有點興趣。

說不定她們意外合得來呢。

「她還在城鎮裡嗎？」

「這個嘛……」

如果明天再去小巷子，搞不好又會看到她餓肚子倒在那裡。

總覺得她是會故技重施的那一型……不，應該不至於啦。

看她的樣子似乎是在找人，我想一定已經在圓環之理那類東西的引導下邁上旅程。（註：出自動畫《魔法少女小圓》）

「我想她大概離開這城鎮了吧。」

「是嗎，真遺憾。」

嘴上雖然這樣說，不過艾莉絲還是會在明天就立刻跑去小巷子裡看看吧。

「總之就是因為這樣，我要暫時窩在旅社裡不出門。兩位請自由行動。」

他們各自點了點頭。

★ ★ ★

為了掌控魔眼，我花了一星期的時間。

直接講結論，其實並沒有特別困難。

要靠魔力控制魔眼，和以無詠唱方式使用魔術的感覺很相像，是我至今為止已經做過無數次的事情。也就是要利用魔力來製造出「看到的景象」。

雖然一開始不知所措，不過察覺眼前有兩個焦點之後，接下來進展迅速。

兩個焦點的其中之一是透明度。

看起來就像是十八禁遊戲裡的對話視窗。一開始的設定是最大值，看到的所有東西都呈現雙重影像。

所以要讓第二層影像盡可能變淡。

縮減並集中眼睛深處的魔力後，未來的影像會變淡，讓現在的影像變明顯。因為我覺得隨時都能看到未來應該會比較方便，所以淡化到不會特別介意的程度後就停止調整。

接下來要維持這個狀態。只是一有鬆懈，透明度就會變化。

花了三天才終於能夠保持穩定。

至於另一個焦點則是長度，或者該說是距離。

把魔力灌注到眼睛前方後，就可以調整要看到距離現在多久以後的未來。測試的結果，我得知最久大約是一秒後的未來。

當然只要灌注更多魔力甚至可以看到兩秒以後的未來。

不過雖然看得到，影像卻會晃動，而且會同時出現二到三個影像。大概是因為未來隨時在變動吧。

同樣灌注魔力後也能夠看到三秒、四秒之後的未來，但是如果拉長到五秒，就會出現很多層晃動影像並引起頭痛。這代表未來就是有如此多的可能性。而且要是我企圖把焦點放到太遠的未來，似乎會對腦部造成負擔。奇希莉卡也說過要是拿到兩個魔眼，有可能會變成廢人。

說不定她那種瘋瘋癲癲又隨隨便便的樣子就是受到魔眼的影響。

總而言之，能利用的安全範圍是一秒。

為了得出這結論，我又花了三天。

然後再努力了一天，才終於可以同時調整兩個焦點。

總共七天，我成功把預知眼掌控到一定水準。

★★★

那麼，在我大喊著：「沉靜下來吧，我的預知眼！」並努力控制魔眼的期間，艾莉絲和瑞傑路德每天都雙雙一起外出。

至於回來的時候，艾莉絲每天都汗水淋漓，瑞傑路德則是一如平常地擺出若無其事的模樣，不過看得出來有點冒汗。

他們兩個人是結夥去做某種會流汗的行為。

而且是每天！

「那個……我問這個只是想參考一下，你們兩位到底是在忙什麼？」

於是，艾莉絲拿著充分擰乾的毛巾邊擦汗邊回答：

「哼哼！是祕密！」

她的表情看起來很開心，是不是瞞著我在做什麼祕密的行為呢？例如打出好球一桿進洞之類？至於我，是不是只能把吸滿艾莉絲汗水的這條毛巾拿來聞而已呢？

不，我並沒有感到不安。

反正，他們兩人應該是找了個地方特訓吧。

儘管看不出來，不過艾莉絲私底下是個很努力的女孩。在菲托亞領地時，她也經常在假日和基列奴一起訓練。那時我問她在做什麼，艾莉絲也是一臉得意地回答：「是祕密！」

所以，這次大概也是同樣情況。

這天晚上，我作了個夢。有個看起來像是三十四歲尼特族的傢伙一邊戳著我的臉頰，同時在耳邊對我說：「從今天起，你的外號就叫作敗・家・犬」。

我想這應該是人神幹的勾當。

那傢伙總是不做正經事。

★　★　★

過了一星期後，我向兩人報告自己已經能夠控制魔眼。

於是瑞傑路德提議，要我和艾莉絲交手一場。

他是想確認魔眼在戰鬥中能派上多少用場嗎？還是想要看看特訓的成果？

因為和艾莉絲對戰可以一箭雙鵰同時達到兩個目的，所以我很爽快地答應。

一行人移動到沙灘上。在瑞傑路德的見證下，我們拿著從路邊撿來的木棒對峙。

「你以為有了魔眼就能打贏我嗎！」

今天的艾莉絲比過去更加自信滿滿。
想必是在這一星期內掌握到什麼成果。
我想守護這張自鳴得意的表情。
「輸了也沒關係，因為我只是想先確定在戰鬥中能看到多少狀況而已。」
話雖如此，今天的對決不使用魔術。
畢竟我這邊也想確認成果，就靠著設定成能看到一秒後未來的魔眼來戰鬥吧。
「哼，這話是很有魯迪烏斯你的風格，不過……」
艾莉絲話講到一半，我眼前出現影像。
〔艾莉絲突然用左手握拳打過來。〕
要是沒有預知眼，我大概來不及反應吧。
特別是在先制攻擊方面，艾莉絲擁有與生俱來的才能。
「喝！」
「我閃！」
我先仔細看清艾莉絲的動作才出手反擊，狠狠打中她的側臉。
下個影像。
〔艾莉絲毫不畏懼，使用右手木棒繼續發動連續攻擊。〕
這是艾莉絲的強項。無論受到多少攻擊也絕不退縮，而是會繼續發動下一波攻勢。再加上她的下盤穩定，稍微受創並不會導致身體晃動，反而受到越多傷害內部壓力就會越上升，攻擊性也跟著增加。

「嘿！」

「看招！」

我加強力道打向她的手腕，艾莉絲放開木棒。如果是過去的我，大概會認為勝負已分。因為至少跟在基列奴身邊修行的時期，劍被打落的那瞬間就已經算是敗北。然而，我看到的影像卻不是這麼一回事。

〔艾莉絲已經準備好開始下一步行動。〕

換句話說，這是一種假動作。

她故意放開木棒，試圖讓我掉以輕心。

〔艾莉絲揮動左拳擊向我的下巴。〕

這是她擅長的伯雷亞斯拳。

刻意放掉武器引誘我鬆懈，然後轉換成平常那種肉搏連續技。

「…………嗚！」

「腳下有破綻喔。」

我趁著艾莉絲往前踏的腳還未著地時把她掃倒。艾莉絲的拳頭揮空，倒向地上。

但是，她似乎還沒有放棄。

﹝艾莉絲用手往地面一撐，利用反作用力和離心力，一邊轉換成臉朝上的姿勢一邊咬向我的右腳。﹞

「哎呀！」

我在放下腳的同時彎起膝蓋，壓在艾莉絲身上封住她的動作。

先前勉強轉動身體試圖咬我的艾莉絲形成更扭曲的姿勢，一隻手被她自己的身體壓住，還有一隻腳彎起來被卡在屁股下。我還在想不知道她會繼續做出什麼抵抗行動，結果似乎只能不斷扭動掙扎。

「到此為止。」

裁判的聲音響起。

艾莉絲整個人放鬆力氣。

贏了……我贏了嗎？

這是我第一次在近身戰中打贏艾莉絲，而且沒有使用魔術。

「我徹底輸了……」

艾莉絲很難得地以暢快表情抬起頭看向我。

我把腳移開，她緩緩起身，用力拍掉身上塵土。

﹝艾莉絲揮拳攻擊。﹞

這一拳被我伸手接下，於是艾莉絲立刻換上不高興的表情。

「……我要回去了！」

她高聲如此宣布，然後直接往旅社的方向離去，肩膀還不斷顫抖。

我惹火她了嗎……？

不，不對，大概是讓她喪失了自信。

至今為止都可以輕鬆打贏的對手突然變強。如果是我，恐怕會嫉妒對方吧。

「艾莉絲還是個小孩子。」

目送艾莉絲離去的瑞傑路德這樣說道。

「這是符合年齡的反應吧。」

我如此回答後，瑞傑路德轉過身子，看著我的雙眼點了點頭。

「剛剛的連續技很漂亮。」

「只要有魔眼，不管是誰都辦得到。」

雖然多多少少要歸功於我有修行過，然而在這個世界裡，身體能力和我差不多的人到處都是。所以只要能獲得魔眼，想來每個人都能夠辦到剛剛那種表現。

「所謂魔眼，並不是一拿到就能迅速掌控的東西。」

「是那樣嗎？」

「以前斯佩路德族的戰士團裡也有人擁有魔眼，但是那個人總是戴著眼罩，直到死去時都沒能掌控魔眼。只花了一星期就能控制的你算是異常。」

是嗎？是這樣嗎？原來如此啊。

也對，畢竟我在控制魔力這方面相當努力嘛，所以才能夠只花一星期就順利掌控魔眼。是嗎是嗎？沒有人能像我這樣這麼快嗎？噗呼呼。

「說不定現在的我連瑞傑路德先生都能打贏。」

「使用魔法的話是有可能。」

「如果是近身戰呢？」

「要試試嗎？」

我接受了這個提議。講白一點，我在這時已經得意忘形。

「請多指教。」

瑞傑路德把短槍放到旁邊，赤手空拳擺好架式。

意思是面對野狗不需要用上吃飯傢伙嗎？（註：漫畫《劍豪生死鬥》中出現過的台詞）

「要不然，你也可以使用魔術。」

「不……難得有這機會，我想徒手就好。」

話還沒講完，眼前已經出現未來的影像。

〔瑞傑路德的掌心朝我迎面而來。〕

看得到。

我連瑞傑路德的動作也能看見，有辦法因應。

「哎呀！」

為了擋下他這一擊，我把手往前伸。

〔我的手被抓住。〕

但是這個未來影像讓我下意識地縮手。

就在這一瞬間，影像出現變化。

〔瑞傑路德的拳頭命中我的臉。〕

眼前浮現出兩個影像，也就是兩種未來。

一種是瑞傑路德抓住我的手，另一種是瑞傑路德的拳頭擊向我的臉。

這兩個未來影像幾乎重合，然而卻略有不同。

為什麼？一秒後的未來應該不會發生偏差才對啊……我感到疑問的時間同樣是一秒。

「嗚喔！」

最後我把身體往後仰，勉強避開。

〔瑞傑路德朝著我的臉揮拳。〕

我可以看見他出拳，看得一清二楚，但是，我已經失去平衡。

即使能夠事先知道瑞傑路德的下一步行動，也無法展開迴避動作。

「呃啊！」

瑞傑路德的拳頭瞄準我的鼻子……狠狠打下去。我的後腦勺撞上沙灘，然後滾了一圈，趴倒在地。

我以為自己的臉會被打凹。

所以我趕緊摸摸臉確認狀況，應該沒問題吧？人家的美麗臉孔沒變成一片悽慘吧？沒有跟擔任營養午餐值日生的五歲兒童有同樣下場吧？（註：出自漫畫《蠟筆小新》第二集，小新因為惡作劇所以臉被打扁）

「結束了嗎？」

聽到瑞傑路德的提問，讓我理解已經落敗的事實。

「嗯，我認輸。」

一開始看到影像時還以為能打贏，看樣子實際上沒那麼簡單。

「不過，這下你應該懂了吧？」

我抓住瑞傑路德伸過來的手，在他的幫助下起身。

「不懂。未來的影像突然產生偏移，你做了什麼？」

「我不清楚你究竟看到什麼……我只是已經想定如果你伸手防禦就抓住手，沒出手的話就直接打下去，如此而已。」

原來是這麼一回事嗎？

只要先預測出我的動作就有辦法對應。因為基礎實力有差距，即使我能看見一秒後的未來也沒有意義。若以將棋來舉例，大概是那種外行人就算可以看到對手下一步棋，也沒有可能贏過高手的情況吧。

這世界的居民都擁有異常優秀的能力，能做到瑞傑路德那種動作的傢伙想必也很多。

「而且基本上，我以前曾經和擁有同樣魔眼的對手交手過。所以在那之後，我總是採取假設自己面對同樣情況的戰鬥方式。是經驗上有差距。」

「是這樣嗎？」

瑞傑路德是靠經驗來對付魔眼。

說不定這個世界的劍術也有能因應或對抗魔眼的技巧。

例如劍神流的「光之太刀」，就算看得見，我也不認為自己能閃過。

「我似乎有點太得意忘形。」

況且魔眼這種東西從以前就存在著弱點。

例如遮住眼睛、利用像鏡子般的盾牌、從後方攻擊、或是在黑暗中戰鬥等等。

然而即使扣掉這些缺點，魔眼的力量果然還是很吸引人。

畢竟我打贏了那個艾莉絲。一想到魔眼今後的用途，內心就一陣雀躍。

我能夠完全看穿艾莉絲的動作，可以看到過去無法看清的動作。

換句話說，只要更進一步應用，應該也能辨識出瑞傑路德的行動。

這時，內心那個戴著太陽眼鏡的禿頭仙人突然冒出。

「這下總算可以在不被揍的情況下確認成長的程度！」

原來如此，謝謝您，胸部仙人。

嗯，一想到魔眼在今後的用途，就讓我興奮不已！

★　★　★

滿心邪念的我回到旅社，才發現艾莉絲抱著膝蓋坐在床上。

對了，我都忘了。

艾莉絲心情很差。於是，我內心的仙人坐上烏龜，不知道消失到哪裡去了。

「那個……艾莉絲小姐？」

「怎樣啦！」

比劃過之後，我從瑞傑路德那邊得知他們兩人這一星期以來都在忙什麼。

果然是在特訓，不過當然不是什麼限制級的特訓。而是為了變強，把一整天的時間都耗在劍術修行上。至於特訓的結果，艾莉絲似乎成功從瑞傑路德手上得到了一次勝利。

贏了瑞傑路德一場。

這可不是小事，我認為自己一輩子也不可能辦到。

根據瑞傑路德所說，艾莉絲因為這樣而有些得意忘形，所以利用我讓她冷靜一下。

我的天啊，那個以戰士自居的蘿莉控混帳居然讓我去幫他的失敗擦屁股。

然而，似乎成效卓著。從平常打不贏的瑞傑路德手上奪得一場勝利而趾高氣揚的精神狀況因為徹底敗給平常能打贏的我，遭受到毫不留情的打擊。

不過，不過啊……

這樣實在不太妙。

因為我本身也非常清楚，在覺得「是不是稍微掌握到訣竅了呢？」的時候卻「被人打醒」，會產生什麼感覺。

會因為努力至今的行動遭到否定而滿心憂鬱。

的確或許腦袋能冷靜下來，也或許因此避免了什麼嚴重失敗。

然而，艾莉絲大概正處於成長的全盛時期。

我認為像這樣壓抑她的行為並非好事，反而該讓艾莉絲盡量自信滿滿，才能不斷進步。然後等遇上瓶頸的時候，再指出缺點要她修正。

「艾莉絲，妳真的有變強喔。」

「不需要特地安慰我，我早就知道自己打不贏你。」

艾莉絲嘟著嘴巴鬧起彆扭。

嗯～該說什麼才好？我腦裡的庫存沒有這種時候可以用的台詞。

瑞傑路德還沒回來。既然是那傢伙造成的自信，我認為該由他自己想辦法處理才對。不過破壞這份自信的人的確是我啦。

不過，要是我能趁這次機會好好安慰她，肯定能讓好感度上昇。是讓艾莉絲對我深深著迷，臉貼臉身靠身踩著慢板陶醉舞步的時間。瑞傑路德一定也是推論出會演變成那種情況，才讓我們兩人獨處。

「請不要失去自信，我聽說妳打贏了瑞傑路德一場。這不是很厲害嗎？」

我一邊說一邊在艾莉絲身旁坐下。

於是，她把身體整個靠到我身上。

汗水的味道傳了過來，真好聞。不過我必須忍耐，現在要先擺出紳士風範……

「魯迪烏斯你根本是作弊，自己一個人拿到魔眼那種東西。我卻要拚命努力……」

我整個人僵住。腦子也瞬間清醒，內心的大野狼夾起尾巴逃走。

無言以對。

「…………」

我到底是在得意些什麼呢？

沒錯，是作弊，跟作弊沒兩樣。

魔眼絕對不是靠自身努力而獲得的力量，而是從天上掉下來的禮物。我只不過是買了點食物跑去小巷子裡亂晃而已。

的確，獲得魔眼之後我花了一星期去控制。

不過也只有這樣，沒有吃到任何苦頭。靠這種力量打贏揮汗奮戰一星期的艾莉絲，我到底有什麼資格感到開心？

「對不起……」

「不要道歉啦……」

「…………」

之後，艾莉絲一直保持沉默。

然而，她也完全沒有表現出想離開我身邊的意思。如果是平常的我，肯定會因為艾莉絲的體溫和香味而心跳加速，今天卻沒有產生那種反應。

只是感到很心虛，彷彿艾莉絲偏高的體溫與汗水的味道都是對我的批判。

氣氛沉重。

……除非面臨關鍵時刻，否則還是不要使用魔眼吧。

這種便利的道具會阻礙我的成長。

沒錯，和瑞傑路德交手後不是也讓我體認到了嗎？重點不是要去思考魔眼的用途，而是該提高我本身的戰鬥力。

要是使用魔眼，的確能夠變強。然而，總有一天肯定會到達極限。

依賴道具的做法總有一天會嚐到慘痛的教訓。

真危險，差點中了人神那個邪神的詭計。

就把魔眼當成隱藏的底牌吧。

★★★

那天晚上，我一個人沉思著。

結果，還是沒獲得渡海的方法。是不是我在哪裡犯下錯誤？

還以為這次很順利……但是得到的東西只有魔眼。

是要靠魔眼去做什麼嗎？例如賭博？話雖如此，賭博這種娛樂在魔大陸上並不存在，頂多只會下注猜測打架的兩個人哪邊會贏而已，要利用這個掙錢其實並不好賺。雖然可以舉辦比賽讓瑞傑路德負責擔任劍鬥士，並規定參加費鐵錢一枚，獎金則設定成綠礦錢五枚，但想必很快就會落入沒人願意挑戰的結果。

唔……再怎麼思考也找不出答案。

我只知道，現在回到人神提供建議之前的狀況。所以換個角度，也可以說是浪費了一星期的時間。整整浪費了一星期。

「好……賣掉吧。」

試著說出口後，才發現自己輕輕鬆鬆就下定決心。

而且正好瑞傑路德今晚不在，艾莉絲則是在床鋪角落睡到露出肚臍。要是感冒那可不好，先幫她蓋條毯子……

總之沒有人會阻止我。

就算已經這麼晚了，小巷子裡的當舖應該也還開著吧。經手可疑物品的店家總是會在夜間營業。

我一隻手拿著魔杖離開旅社，結果才走了三步……

「三更半夜你想上哪去？」

就被瑞傑路德攔下。

因為在旅社裡沒看到人，還以為他去了比較遠的地方，看來並不是那樣。糟了，原來這傢伙是打算偷窺啊。我得想辦法矇混過去……

「呃……我想去有點色色的店裡享受一個晚上的快樂。」

「去找女人有必要用到魔杖嗎？」

「呃……這是要用來玩扮魔術師的遊戲啦。」

一陣沉默。這理由果然太牽強了嗎？

「你是不是打算賣掉那東西？」

「……嗯。」

瑞傑路德精準地猜中我的目的，我只好乾脆承認。

「我再問一次，你真的打算把那把杖賣掉？」

「是的，這魔杖的材質很好，可以賣到好價錢。」

「我想說的重點不是那方面。對你來說，那把杖應該是很重要的物品吧？就跟這條項鍊一樣。」

瑞傑路德從胸口拿出洛琪希的項鍊。

「嗯，一樣重要。」

「那麼，如果下次再碰上類似的情況，你會連這條項鍊也賣掉嗎？」

「……如果有必要的話。」

瑞傑路德深吸一口氣。

他是要怒吼嗎？除了和小孩子有關的事情，這個人很少講話激動……

「我即使被逼上絕境，也絕不會割捨我的槍。」

瑞傑路德並沒有大叫，只是邊嘆氣邊這麼說。

「是因為那是你兒子的遺物吧？」

「不是，是因為這把槍是戰士的靈魂。」

戰士的靈魂嗎？這主張真是高潔感人，但是卻無法讓我們搭上船渡海。

瑞傑路德的眼裡出現悲傷的神色。

「你之前舉出三個方法。」

「我的確是說過。」

「其中應該不包括把這把杖賣掉的選項。」

「是不包括。」

他是在責怪我不該說謊嗎？

不，我並不認為自己說了謊，因為把杖賣掉也是正當手段之一。

「我還沒有獲得你的信賴嗎？」

「信賴？我當然相信你。」

「那麼，你為什麼不找我商量？」

聽到這提問，我轉開視線。

因為我很清楚會遭到反對，所以才沒有找瑞傑路德商量。

反言之，這也可以作為我不信賴他的證據。

「就算是我，也覺得自身已經在這一年中理解現今的世上狀況。無論是要承接委託還是要潛入迷宮，都不可能賺到兩百枚綠礦錢這樣的鉅款。」

今天的瑞傑路德難得講出了認清現實的發言。

是不是吃了什麼奇怪的東西？

「你很清楚這一點，所以才會想到利用走私販子的選項，我根本不會想到。但是，這是唯一能讓我前往米里斯的方法，也就是正確答案。為什麼你卻想把魔杖賣掉？」

我總是只能想到比較好的選項。

能夠完美達成一切條件的最佳選項過於困難所以會失敗。

因此我總是無法確定究竟什麼才是正確答案，而且我也不認為找走私販子就是正確答案。

「就算那是正確答案，如果會造成隊伍成員間的芥蒂，那麼根本沒有意義。」

「換句話說，你認為拜託走私販子會使得隊伍成員間產生芥蒂？」

「沒錯，因為按照瑞傑路德先生的價值觀，走私販子是惡人。」

在走私販子運輸的貨物清單裡，大概也包括奴隸吧。

再加上這世界裡最普遍的犯罪行為是綁票。

小孩子則是最容易得手的綁架對象。換句話說，走私販子是兒童拐賣集團的幫凶。

「魯迪烏斯。」

「是。」

「這次是因為我才會演變成這種狀況。如果只有你們兩個，根本不需要為兩百枚綠礦錢這樣的鉅款煩惱。」

但是如果沒有瑞傑路德，或許我們在途中已經碰上什麼意外。

因為我們在很多方面都受到瑞傑路德的幫助。

「我的尊嚴沒有辦法容忍你靠著賣掉魔杖來解決這狀況。」

就算你說尊嚴無法忍受也於事無補啊。

「把魔杖賣掉，拿到金錢，支付規定的費用渡海。如此一來沒有任何人會後悔，也沒有哪個人需要忍受任何事，這正是最聰明的做法吧？」
「這樣做會讓我覺得是因為自己很沒用才逼使你必須把杖賣掉，而且艾莉絲也會感到介意吧。這樣不算是你所說的芥蒂嗎？」
瑞傑路德以率直的眼神看著保持沉默的我。
「去找走私販子吧，我會對所有惡行都視若無睹。」
他的表情很認真。
我猜瑞傑路德現在已經下定決心，就算在過程中看到小孩子被抓也要見死不救。
因為他想阻止我賣掉魔杖。為了我，即使必須扭曲自己的信念也在所不惜。
知道瑞傑路德已有如此強烈的覺悟，我也不需要再說什麼。
「要是在半路上碰到真的無法忍受的人渣請說一聲，我想我們至少還有幫助孩子們的餘裕。」
既然他願意妥協，那麼我也不再堅持一副很顧念大局的態度。
去委託走私販子，渡過大海。不過，這次不迎合對方。一旦瑞傑路德感到無法繼續忍受，就毫不留情地背叛並出手幫忙。像那種惡徒，本來就是可以利用完就丟的玩意兒。
「那麼，就決定往尋找走私販子這條路上前進了。」
「嗯，就這樣吧。」
「我想應該會讓你碰上很多不愉快的情況，還請多多見諒。」

「彼此彼此。」

我和瑞傑路德都用力握緊對方的手。

當我們握完手，轉身面向旅社打算回去睡覺時。

瑞傑路德突然露出凶狠表情並舉起槍。

「什麼人！想幹什麼！」

這突如其來的怒吼讓我嚇得身子一震，也跟著望向瑞傑路德視線的前方。

從昏暗的小巷子中走出一名男子。

對方蓄著鬍鬚，一邊舉高雙手表現出沒有敵意的態度，同時臉上掛著似笑非笑的表情。腰間插著劍，給人擅長應付打鬥等亂事的印象。

「哎呀真可怕，我本來以為什麼斯佩路德族只是鬼扯，不過看樣子是真貨。」

依舊露出曖昧笑容的男子緩緩靠近我們。

我好像在哪見過這傢伙。

「首先，能把那個嚇人的玩意兒收起來嗎？我今天並不是想來找你們幹架，而是為了表示點謝意才調查了一下。」

「挑這種三更半夜道謝？」

「現在這時間就要躺上床作夢，似乎還早了點吧？」

噢，我想起來了。

這個人就是得到魔眼的我在回來的路上不小心撞到，所以嗆了我一頓的那傢伙。

居然在這種夜半時分找上門道謝，所以說這些流氓實在有夠……

「我花了點時間才找到你們，因為沒人認識眼睛不好的魔術師。不過，得知『Dead End』的傳言後我立刻想通了。身穿灰色長袍，不需詠唱就可以使出像是魔術的技巧，講話特別假惺惺的矮個子小人族。」

其實我不是小人族啦。

「『飼主魯傑魯德』，七天前受你照顧了。多虧有你的情報，我才能找到巴卡斯那傢伙。找到人時，下巴被打碎的他正倒在小巷子裡。真可憐啊，他這陣子恐怕只能喝酒無法吃東西了。不過算啦，反正那傢伙平常就只喝酒。」

真的假的？

「以上這些話只是開開玩笑，我們的同伴裡好歹也有治癒魔術師。」

太好了，被剛見面的人打碎下巴的可憐蘿莉控大叔實際上並不存在。

「那麼，你是想針對這件事道謝嗎？」

「還要謝謝你用魔術把我推開的那件事。多虧那樣，我的頭頂才沒有腫個大包。」

「……那還真是可喜可賀啊。」

男子以非常鄭重的態度說道：

「幹我們這一行的，欠人的恩情反而經常會招來惡果。一旦放著不管，就算只是小事，也有可能在關鍵時刻反撲，造成必須背叛同伴的後果。所以要盡快，真的要盡快把帳還清。」

他先講到這裡，才誇張地搖了搖頭，伸出手指著我。

「我有聽到你們剛才的對話。我說飼主，你的運氣真好。因為你偶然在路邊幫助的對象，正好是走私組織的一員。」

聽到這句話，我和瑞傑路德面面相覷。

這男子是走私組織的成員。

未免也太巧了。正常情況下我會認為對方在說謊，然而這次是人神的建議。他的指示就是為了讓我碰上這傢伙嗎？

我正在煩惱該如何判斷，男子不知道是誤解了什麼，把手掌朝向這邊。

「不過，你們可別誤會。我會報恩，不過，那和走私斯佩路德族是天差地別的兩回事。因為我可不認為自己的性命值兩百枚綠礦錢。」

聽不懂男子究竟想表達什麼的我用視線催促他進一步解釋。

臉上依然掛著賊笑的這傢伙繼續說道：

「我看上『Dead End』的強大實力，有件事情想拜託你們。願意聽聽嗎？」

他明明說要報答恩情，結果卻有事要找我們幫忙。

原本我正覺得這算啥……不過仔細想想，這傢伙有看到我以無詠唱方式使用魔術。所以所謂報恩頂多只是表面理由，實際上應該是在尋找適合負責委託的人物吧。正好又聽到我們的對話，因此逮住機會冒了出來。

瑞傑路德看向我，交涉向來是我該負責的工作。

「得先看看委託的內容。」

「並不是太困難的事情。」

男子先這樣回答，才講出讓人有些意外的條件。

「其實所謂的走私貨不管是在運送前和運送後，直到接手人前來為止，都會保管在某處。一個月後，會有某件走私貨物被送到那個地點。我希望你們能救出那玩意兒，而且如果可能，還希望你們安排一下，把貨物送回故鄉。」

「……意思你是要背叛同伴嗎？」

「不，我反而是為了同伴好。這次的走私貨……講白了就是要成為奴隸的傢伙們裡面混著對將來會有點壞影響的玩意兒。雖然賣掉之後能夠帶來大量財富，不過也會留下禍根，在一年後帶來慘痛的報應。」

男子講到這裡聳了聳肩。

「雖然我提出反對意見，不過很遺憾，組織並沒有那麼團結一致。所以我想找到能幫忙破壞計畫，而且口風很緊，實力也夠強大的傢伙。如何呢？」

我再次和瑞傑路德互看了一眼。

並不是要我們綁架哪個人，而是要幫忙救出。如果真是那樣，聽起來似乎可以接受。

「你為什麼不自己去做？看那把劍和你的身法動作，應該辦得到吧？」

「沒錯，別看我這副外表，在同伴中可是實力最強的一個。不過斯佩路德族的大爺，我並不是想背叛組織。這也是為了今後的日子，你們懂吧？就算救了同伴，要是自己卻因此無處容身，根本沒有意義。畢竟實力最強的傢伙並不保證隨時都能擁有最高的地位。」

「……」

瑞傑路德露出似懂非懂的微妙表情。

這種表情的意思是即使基於理性可以理解，但情感上卻無法接受。

「魯迪烏斯，要不要接受我都沒差。由你決定吧。」

瑞傑路德先前說過，他要對惡行視若無睹。所以無論他對眼前這傢伙抱有多少疑心，只要是我做出的決定，他就打算遵守。

所以，我動腦思考。

這傢伙有一些可疑之處。然而，這是聽從人神建議後發生的事情。雖說人神本身就不可相信，不過根據上次的經驗，我總覺得不要想太複雜，順著形勢行動會比較好。

至於依賴內容，根據剛才的發言，似乎也不是壞事。

算了，儘管要幫助的人物也有可能是大壞蛋，不過就算是大壞蛋，同樣還是在救人。

而且基本上，無論如何，我原本就打算和走私販子搭上關係。想到那種情況下會發生的開支和手續費等可以省下，其實也還不錯。考慮到這一步之後，我很快得出結論。
「我明白了，就接受吧。」
瑞傑路德點點頭，男子則是露出笑容。
「那麼，請多多指教。我的名字是賈爾斯．庫利那。」
「我叫魯迪烏斯．格雷拉特。」
最後彼此報上名號，我們決定承接走私組織的委託。

閒話「陰錯陽差．外傳」

洛琪希．米格路迪亞。
她是魯迪烏斯．格雷拉特的魔術老師，剛結束海上的旅程，踏上魔大陸的港都溫恩港。
才剛下船，洛琪希就停下腳步。
溫恩港和米里斯大陸最北端的贊特港有著相似的街景，即使是初次造訪，也會讓人產生某種似曾相識的感覺吧。
然而洛琪希停下腳步的原因並不是因為這種似曾見過的感覺，而是感受到此處散發出和米里斯大陸有著明顯差異的氣氛。

（真讓人懷念……）

她內心深處湧上懷舊的情緒。

洛琪希上次來到這裡是多久以前的事？差不多過了十五年吧。

回想起來，她抱著對人族的憧憬離鄉出走後，已經過了相當長的一段時間。在這裡搭上船時還想過遲早有一天會回來，然而到達米里斯大陸，在米里希昂嚐到人族製作的點心後，洛琪希才發現原來這世上有如此美味的食物，在魔大陸上絕對吃不到，也因此下定決心再也不要回來。

（連我自己都覺得有夠單純……）

實際上經由米里斯大陸前往中央大陸後，洛琪希直到今天為止的確都未曾回來。也沒有動過想回來的念頭。

中央大陸上有形形色色的事物，無論見識到什麼都讓她感到新鮮又有趣，不知不覺之間，洛琪希在中央大陸上度過的時間已經差不多等同於在魔大陸上待過的年月。

她總是沒把魔大陸放在心上。即使在深入迷宮，幾乎體會到死亡恐懼的那一瞬間，也不曾回想起被她留在魔大陸上的雙親。結果現在，卻像這樣又踏上此地。

洛琪希滿心感慨地覺得，的確難以預料人生究竟會發生什麼事情。

「洛琪希！該走了！」

這時，一名女性呼喚依舊站在原地不動的洛琪希。

對方擁有造型類似法國麵包的蓬鬆金髮，其間還隱約可見一對長耳。那名女性是長耳族。

高挑的身材，纖細的腰肢，還有肉感的翹臀。每次從遠處觀察，洛琪希的內心就會漲滿嫉妒的情緒。儘管明白這是基於種族特性而無法改變的事實，然而洛琪希依舊會不由自主地希望自己至少也能擁有那樣的體型。兩人只有在胸部大小方面是相同水準，不過對方擁有美麗的均衡體態，自己卻是欠缺起伏的平板身材。

「唉……我立刻過去。」

洛琪希忍不住嘆了口氣。

外型亮眼的女性名叫艾莉娜麗潔。

全名是艾莉娜麗潔·杜拉岡羅德。

她是長耳族的戰士，使用主要以突刺方式攻擊的刺劍(Estoc)和小圓盾來擔任可靠的前衛。是個劍技和亮眼外貌同樣華麗的戰士。

一般來說，刺劍並不是冒險者會選擇的裝備。而是阿斯拉王國貴族用來決鬥，或是北方大地的劍鬥士身穿甲冑戰鬥時才會用到的武器。

艾莉娜麗潔擁有的這把刺劍是在迷宮深處取得的魔力附加品，不但比眾多的一般劍類武器更加堅固，而且只要揮動一下，就會產生能斬斷數公尺外樹幹的真空波。另外小圓盾也是魔力附加品，具備的能力是可以減緩承受到的衝擊。

「喔……喔喔……大地……是大地……」

一名礦坑族的老人從洛琪希後方搖搖晃晃地走下船。

臉色鐵青的他扶著魔杖撐住身體，沉重的鎧甲發出鏗鏘響聲，粗獷的鬍鬚也跟著晃動。

他叫塔爾韓德。

正式的名字是「險峻山峰之塔爾韓德」。

身高和洛琪希差不多，身體的寬度卻有兩倍以上。身穿沉重鎧甲，蓄著粗獷鬍鬚的這個人物是魔術師。魔術師為什麼會穿著鎧甲？洛琪希一開始也感到很不解。

答案是因為他腳步遲緩，幾乎沒有敏捷度可言。萬一遭到魔物攻擊，甚至連閃避都有困難。所以才會像這樣穿著堅固的鎧甲，讓自己即使待在隊伍前方也能夠使用魔術。

「你還好嗎，塔爾韓德先生？要不要我使用治療術呢？」

「不，沒有必要……」

塔爾韓德虛弱地搖了搖頭，拖著似乎很沉重的身體前進。

他平常的行動會更輕盈一點，不過今天因為暈船所以特別虛弱。

「真是，只不過是搭個船就這樣，有夠沒出息。」

「妳這傢伙……說什麼……」

艾莉娜麗潔以手扠腰，不屑地一笑。

塔爾韓德氣得滿臉通紅。

阻止動不動就吵架的兩人，是洛琪希現在的任務。

「要吵請晚點再吵。艾莉娜麗潔小姐也請注意，不需要隨便說那種話。畢竟暈船是起因於個人體質。」

洛琪希是在王龍王國的港都「東部港」遇見兩人。

對於對於在冒險者公會裡爭吵的他們，洛琪希一開始當作沒看見。

然而聽到爭執內容是想要前往魔大陸尋找在菲托亞領地失蹤的人物後，洛琪希決定插嘴。

兩人似乎是因為對魔大陸的地理情況並不熟悉，所以意見產生分歧。

塔爾韓德主張應該前往熟悉的貝卡利特大陸或中央大陸北部。

艾莉娜麗潔認為即使不清楚環境也有辦法找人，大不了到了魔大陸之後再僱用當地居民。

至於洛琪希則是正好出身於魔大陸，而且本來就擔心自己單身旅行恐怕會有風險。

該說三人是註定相遇而且也湊巧相遇吧。

更進一步交談後，才知道這兩人過去曾和保羅與塞妮絲共組隊伍。

隊伍名是「黑狼之牙」。

這名號連洛琪希也曾經聽說過。

是中央大陸上最出名的隊伍之一。

據說隊伍成員全都是些各有怪癖和不同特質的人物，當時引起各式各樣的話題。雖然他們在組隊之後只花了幾年就升上S級，然後立刻解散，不過洛琪希還是很有印象。

話說回來，沒想到保羅和塞妮絲居然是「黑狼之牙」的成員。

洛琪希難掩心中的驚訝。

但是，對方兩人同樣也大吃一驚。

因為講到洛琪希．米格路迪亞，正是坊間有名的「水王級魔術師」。

據說這個人是來自魔大陸的藍髮少女，進入魔法大學就讀後，短短數年就就獲得「水聖級魔術師」的稱號，而且突破西隆王國郊外的地下二十五層迷宮。之後，還獲得西隆王國宮廷魔術師這位子。

她冒險經歷前期的故事被吟遊詩人寫成詩歌，因此變得相當有名。

詩歌內容敘述一名離開故鄉的少女魔術師遇上三名新手冒險者，在魔大陸旅行，最後踏上米里斯大陸的故事。

其中並沒有提到洛琪希的名字。然而，在詩歌剛開始流行的那時期就已經當上冒險者的人們都聽說過，少女魔術師的名字叫作洛琪希。

雖然三人算不上是一見投緣……不過想去魔大陸尋找魯迪烏斯的洛琪希與基於保羅的委託幫忙尋找他家人的兩人可以說是目的一致。

於是他們當場組成隊伍，朝著魔大陸出發。

首先，一行人搭上船前往米里斯大陸。

到達米里斯大陸的港都西部港後，花大錢買下八腳神馬斯雷普尼爾（Sleipnir）品種的馬匹和馬車。

儘管價格昂貴，但三人都算有錢因此不成問題。

由於艾莉娜麗潔和塔爾韓德都和保羅關係很差，途中並沒有前往米里斯神聖國的首都米里希昂。此外，兩人在故鄉都是出了名的搗蛋鬼，所以也避開了青龍山脈的礦坑族聚落和大森林的長耳族聚落，直接往贊特港前進。

兩人主張畢竟大森林的雨季快要到了，還是多趕點路會比較好。因為雨季很長，而且那段期間內無法在大森林裡移動。

然而根據他們爭吵的內容和夜裡也驅趕馬車前進活像是連一秒也不願意待在米里斯大陸上的態度，洛琪希得出兩人只是不想回去的結論。

然而基本上以結果來看，就是因為這樣一行人到達魔大陸的速度才能比一般情況快上許多，她也沒什麼好抱怨。

「先去冒險者公會吧。」

洛琪希提議後，三人一起前往冒險者公會。

第一個行動是前往冒險者公會，這是身為冒險者的基本常識。

「真希望能碰上好男人！」

聽到艾莉娜麗潔的發言，讓洛琪希繃起表情。

和看起來潔身自好的外貌相反，這個名叫艾莉娜麗潔的長耳族非常喜歡男人。

看她苗條的身材雖然很難想像，不過據說她已經生過好幾個小孩。

儘管本人宣稱是因為中了某種詛咒，然而她即使被陌生男人侵門踏戶也沒有表現出悲痛感，看起來反而像是樂在其中。

洛琪希覺得這真是難以置信。

「艾莉娜麗潔小姐，我們不是要去找男人……」

「我知道啦。」

覺得她根本沒把話聽進耳裡的洛琪希又皺起眉頭。

即使當事者自稱不要緊，還是希望艾莉娜麗潔能多為一起旅行的同伴們著想。平常閒閒沒事時隨便她愛怎麼樣就怎麼樣，但目前處於緊急事態。而且萬一懷孕，會拖慢旅行的速度。

洛琪希希望艾莉娜麗潔稍微自制一下。

「洛琪希妳也可以去找一兩個男人……」

「我辦不到。」

如果自己擁有艾莉娜麗潔那種水準的美貌或許另當別論……洛琪希心想。

然而很遺憾，洛琪希認為不錯的對象卻從來不曾把她當成女性看待。

她雖然受到小孩子們的喜愛，可是得不到男性的青睞。

★　★　★

魔大陸的冒險者公會。

由各式各樣種族組成冒險者隊伍的這個地方和中央大陸相比，呈現出特別不同的風情。

洛琪希踏進公會後，和顯然是新手的冒險者們對上視線。

對方是打扮類似戰士的三名少年，他們以略帶猶豫的態度靠近洛琪希。

「那……那個，如果妳方便，要不要和我們一起組隊呢？」

聽到少年們像是下定決心才好不容易說出口的發言，洛琪希露出苦笑。

「不，如你們所見，我已經有所屬隊伍了。」

遭到拒絕的三人帶著苦笑離開。洛琪希並不是第一次像這樣收到組隊邀請，之前已經碰上好幾次。

每一次都是三人組的少年。

以前吟遊詩人說要把她的冒險故事寫成詩歌傳唱時，洛琪希沒想到自己居然會變得如此有名。

「哎呀呀，也有好男人來找洛琪希妳嘛！」

艾莉娜麗潔邊輕拍著洛琪希的頭頂邊調侃了她一句。

這是經常發生的事，洛琪希也懶得回應，又不是小孩子。

「反正還是會因為層級不同而無法組隊吧。」

洛琪希現在的冒險者層級是A級。

會聽信吟遊詩人詩歌的稚氣少年們平均層級是D。

至少，洛琪希還沒遇過B級以上的人。第一次有人找洛琪希組隊時，她曾得意地宣布那首詩歌的主角就是自己，然而「洛琪希」這名字並不被眾人所知，她反而當眾狠狠出糗。

對洛琪希來說，那是她不願想起的回憶。

沒想到吟遊詩人並不認識米格路德族，所以誤以為洛琪希是在十二歲左右開始旅行，花了大約兩年升上A級。

而且現在詩歌的內容被更加誇大，已經成了洛琪希只花一年就走遍魔大陸並升上A級的故事。

開什麼玩笑……洛琪希心想。

實際上她花了五年左右才升上A級。

先在魔大陸打好基礎，花費三年升上B級。之後過著打擾各式各樣隊伍的生活，又耗去兩年。

即使如此，和一般情況相比，應該還算是相當快。

如果是現在的她，只要運氣夠好，就算必須從F級開始，或許真的能夠只花一年就升上A級。然而由一群什麼都不懂的小孩組成的隊伍怎麼可能僅僅一年就達成這種事。

「培育起來或許會成為我喜歡的類型，真是可惜啊。」

講完這句話，洛琪希回想起往事。

過去找她搭訕的三個新人冒險者。

那是自稱為「利卡里斯愚連隊」的三名少年，對當時剛離開米格路德族之村，還像個土包子分不清楚上下左右的洛琪希伸出援手。

其中一人凡事都愛酸個兩句，總是講一些事後會立刻遭到拆穿的謊話，不過很會照顧其他人。

另一個人動不動破口大罵，整天都在抱怨其他人的壞話，但是很堅持信念。

最後一個人非常聰明，負責整合隊伍，卻在旅途中喪命。

和他們的隊伍在到達溫恩港後解散……

洛琪希心想……不知道另外兩人還活著嗎？

在中央大陸活動過所以洛琪希明白，魔大陸上的冒險者處於非常艱困的環境，已經喪命的機率反而比較高。

（希望他們還過得很好……諾克巴拉和布雷茲……）

想到這裡，洛琪希忍不住笑了。

彼此分別之後已經過了二十年。那兩人並非特別長壽，說不定早就退休不當冒險者了。只有自己不會改變。

（以後有空再懷舊吧……）

洛琪希換了個心情。

重新踏上魔大陸的原因，絕對不是為了回家。

而是為了找出魯迪烏斯或他的家人。
「那麼，著手收集情報吧。」
洛琪希向兩人提議，開始在冒險者公會裡四處觀察。

★★★

收集情報的途中，他們得知名叫「Dead End」的隊伍正待在這城鎮裡。
據說他們是這陣子突然聲名大噪的新銳冒險者。
講到「Dead End」，是魔大陸上無人不知無人不曉的惡魔之名。
被認為是斯佩路德族中特別危險，總是挑小孩子下手的怪物。
洛琪希小時候也被母親嚇唬過好幾次。
告誡她要是不乖，就會被「Dead End」抓走。
回到旅社，統整關於「Dead End」的情報後，洛琪希皺起眉頭。
「真是難以置信。」
「什麼東西難以置信？」
「居然假冒『Dead End』的名字，我不認為那些人的腦袋正常。」

如果要問「Dead End」的哪一點最讓人畏懼？

答案就是因為這號人物並非虛構。

儘管在中央大陸上並不為人所知，然而「Dead End」確實存在。

當然洛琪希本人沒有親眼見過，但是聽說過的每一個傳言都讓人膽顫心驚。

在魔大陸上，「Dead End」大概是最恐怖的魔物吧。

冒險者公會似乎是因為害怕報復而沒有特地發出通緝令，然而如果要懸賞討伐委託，毫無疑問會是S級任務。

而且還會是那種一旦成功，就能成為SS級的委託。

「我倒不覺得真的有那麼誇張。」

根據艾莉娜麗潔調查到的情報，自稱是「Dead End」的男性是個高個子、皮膚白、以槍為武器的光頭，而且據說是個帥哥。

「聽說是個不錯的男人，要不要我去床上套點情報？」

塔爾韓德不屑地啐了一口。

「妳的情報根本沒有意義。」

從塔爾韓德獲得的情報可以知道，「Dead End」是三人組。

似乎分別自稱為「狂犬艾莉絲」、「看門犬瑞傑路德」、「飼主魯傑魯德」，後面這兩個人好像是兄弟。

狂犬的外表特徵是紅髮，看門犬非常高大，飼主是個小矮子。
狂犬用劍，看門犬用槍，飼主好像是使用類似杖的魔力附加品。
這三人的風評不太好。
「據說狂犬整天和別人起衝突，飼主只會幹些壞勾當，倒是看門犬似乎是個好傢伙。好像是個喜歡小孩，不放過惡行的正義分子。」
洛琪希認為這評價相當詭異。
說不定是那些人自己操作的傳言。
因為壞人只要稍微做點好事，很容易被講得特別誇大。所以「看門犬是個好人」這點，恐怕也是他們為了避免自己風評變得太差才放出來的消息。
看來「Dead End」不只擁有暴力，腦袋也相當聰明。
「是些危險的傢伙，還是別和這些人有什麼牽扯吧。」
「也對，今後在找人時萬一被不良分子盯上可就麻煩了。」
「那麼，來討論正題吧。」
洛琪希切換話題。
一行人前往冒險者公會的目的原本就不是為了探尋「Dead End」的情報。
「有聽說關於菲托亞領地居民的消息嗎？」
「沒有。」

「完全沒查到。」

洛琪希心想是不是來晚了。

魔大陸並不是突然轉移過來，又沒有像樣裝備還能夠在這裡活下去的輕鬆環境。

而是一片連只是想要活過一年都很困難的土地。

菲托亞領地消滅後已經過了一年，或許被轉移來的人們早已全部死去。

「基本上，我們要找的對象是保羅先生的家人。」

「是叫作塞妮絲、莉莉雅、愛夏，還有魯迪烏斯吧？」

洛琪希知道每個人的特徵，也有告知艾莉娜麗潔和塔爾韓德。

只有愛夏是透過魯迪烏斯的來信得知，所以情報比較模糊不確定。

「嗯，塞妮絲應該不必擔心吧。」

「是啊。」

他們兩人都認識塞妮絲。

才會說不需要擔心她。

洛琪希並不清楚塞妮絲多「能幹」，不過原本是「黑狼之牙」的這兩人擁有毋庸置疑的實力，既然他們都表示不必擔心，大概真的不要緊吧。

「魯迪烏斯也很引人注意，我想立刻就能找到他的蹤跡。」

洛琪希回想起才五歲就展現出壓倒性才能的弟子。

那孩子不管去到哪裡，一定都會特別顯眼並引起話題吧。

塞妮絲和魯迪烏斯。洛琪希他們判斷只要前往城鎮探聽情報，想必可以很快找到這兩人。而且只要被轉移到的地點距離有人居住的地方不遠，這兩人應該也擁有足以在魔大陸上求生的能力。

所以，該特別尋找的對象是莉莉雅和愛夏。

洛琪希等人初步決定要先收集關於兩人的情報。

「來設定個期限吧。在兩天內盡量收集莉莉雅和愛夏的情報，第三天進行準備，然後前往週邊村莊看看如何？」

「只用兩三天會不會太短了點？」

聽到艾莉娜麗潔的提問，洛琪希搖頭否定。

「畢竟她們很有可能已經死亡，再加上魔大陸很廣大。所以首先要把魔大陸的主要城市全都走過一輪，並前往各地的冒險者公會貼出尋人委託。」

阿斯拉王國有提供尋找菲托亞領地居民用的援助資金。

只要在各城鎮的公會以委託的形式提出需求，阿斯拉王國會負擔委託成功時必須支付的報酬，之後就靠冒險者去尋找。不過基本上必須有人以委託人的身分簽名，因此除非有哪個人主動去委託工作，否則公會不會幫忙徵求。

所以反過來說，如果沒這樣做，阿斯拉王國就不會付錢給公會。

看到阿斯拉王國對這場大災害的對應如此差勁，洛琪希感到很氣憤。

她認為既然阿斯拉是個大國，應該要推行更大規模的行動。

實際上為了尋找居民而展開行動的人，只有保羅他們……也就是受災的當事者們而已。

（看樣子阿斯拉王國內部腐敗的傳言並不是空穴來風。）

因為是歷史最悠久的國家，所以受到腐敗的傳統和權力操控。

「那麼，明天也努力收集情報吧。」

「我明白了。」

「了解。」

洛琪希是不會在一件事上耗費太多時間的類型。

無論停留在何處都不浪費時間，而是會以最快速度辦完事，然後出發。

把奧義傳授給弟子魯迪烏斯之後隨即離開的行動，也反應出這種性格。

這種當機立斷的個性是她的優點，不過也是被魯迪烏斯批評為少根筋欠思量的部分。

然而基本上，根本沒有人指出這一點，因此洛琪希本人也堅信這正是她自己的長處。

話雖如此，第一天委託公會，第二天自己行動大略尋找，第三天離開。

這的確可以稱為非常注重效率的行程安排。

只是，如果這次至少停留一星期，等著一行人的大概會是不同結果……

第二天。
洛琪希出於好奇，去看了一下「Dead End」的情況。
由於他們特別引人注目，洛琪希很快就問到下落。
是一對正在沙灘上努力訓練的男女組合。
和情報相同，分別是光頭的高個子和紅髮的少女。少女用雙手握著看起來像是真劍的武器，以驚人的速度砍向光頭男，對方卻輕鬆應付。
洛琪希記得「Dead End」應該是三人組，一人高大，兩人矮小。
（叫飼主的矮子似乎不在場……）
看門犬和狂犬重複著水準極高的攻防。
說是攻防，其實只是看門犬在化解狂犬的攻擊，但使出的技術卻高明到洛琪希望塵莫及。
她躲在遠處的岩石後方眺望這一幕。
這行為就像是以魔球為武器闖蕩職棒界的那位投手的姊姊。（註：指漫畫《巨人之星》的主角星飛雄馬，和他的姊姊星明子）
那兩人很強。
即使看在長年以冒險者身分在世界上旅行的洛琪希眼裡也覺得很強，至少不是那種光靠著要小聰明矇混就能獲得的實力。
（或許試著和他們接觸也不錯……）

就在洛琪希產生這念頭的瞬間，看門犬突然回頭。

（……！）

兩人的眼神確實交會。

面對這強烈的視線，洛琪希感到難以言喻的恐懼。

還產生彷彿自身成了獵物的錯覺。

所以她急急忙忙地離開現場。

★★★

瑞傑路德打從一開始就察覺到少女的存在。

她有什麼事嗎？或者單純只是看看？瑞傑路德往對方所在的方向瞄了一眼，只見一名少女正從岩石後方窺視著。

（不……那不是少女。）

是米格路德族的成年女性。

雖然乍看之下很難判斷，但無法騙過瑞傑路德的「眼睛」。

不過，瑞傑路德並不認識對方，畢竟米格路德族的村莊並不是只有他去過的那一個。

只是覺得稀奇所以想參觀一下嗎？瑞傑路德正在觀察對方，少女突然把臉轉開，不知道跑哪裡去了。

（唔……嚇到她了……？）

「有破綻！」

在瑞傑路德略有鬆懈的瞬間，艾莉猛衝過來。

使出充滿氣勢的一擊。

「嗚！」

雙方武器相擊約三次後，瑞傑路德被打中手背，放開武器。

「太棒了！打中了！確實打中了吧？喔耶～！」

艾莉絲興奮地舉高雙手。

最近，艾莉絲的劍技很「上軌道」，將來想必會成長為一個高明的劍士。

但是她還年輕。

要是在這個階段就過度得意忘形，總有一天會導致不良後果。瑞傑路德看過許多落入那種下場的戰士。因此他原本暫時不打算讓艾莉絲有贏下任何一場的機會，不過剛剛分心去注意那名米格路德族的女性，似乎有點太過大意。

瑞傑路德悄悄用艾莉絲聽不見的音量嘆了一口氣。

★　★　★

洛琪希一路趕回旅社，同時多次回頭確認後方。

邊趕路邊擔心對方可能會追上來或發動襲擊的她最後總算回到旅社。

要和那種等級的對手戰鬥，必須準備魔力結晶。說不定還有必要用到畫好魔法陣的卷軸。

儘管洛琪希也認為對方不可能因為被自己看了一下就跑來襲擊，然而那些傢伙畢竟是自稱「Dead End」的瘋子集團，因此她還是想有備無患。

「啊啊！好舒服！真的好棒！來！再來！」

結果卻在艾莉娜麗潔的房門前聽到嬌喘聲，讓洛琪希無奈到全身都沒了力氣。

那女人不但沒去收集情報，還把男人帶回旅社，自己一個人快活。

「真是……」

塔爾韓德有告訴過洛琪希，艾莉娜麗潔會隨時把男人帶上床。無論身處何種狀況，她只要一看到男人就會迷上對方，享受一夜情。在贊特港時也是這樣，根據塔爾韓德所說，甚至連深入迷宮時也還是這副德性。

實在有夠沒節操。

不過，洛琪希同時也感到安心。因為她正陷入一人獨處會感到不安的狀況。

既然艾莉娜麗潔就在隔壁房間裡，自己只要做好應戰的準備，然後等他們辦完事就好。等行為結束，洛琪希打算揪著艾莉娜麗潔的耳朵，一起重新去收集情報。

到時還可以同時監視艾莉娜麗潔，可說是一箭雙鵰。

（算了，我想對方應該不至於追到旅社來吧……）

洛琪希一邊想，一邊在自己房間備戰。

明明房間的牆壁不算很薄，卻依然可以聽見艾莉娜麗潔的喘聲。

聽著聽著，連洛琪希本身也湧上奇妙的情緒。

（…………不行！）

她用左手抓住下意識伸向下腹部的右手。

現在沒空做那種行為。

（話說回來，怎麼這麼久……）

三小時，洛琪希靜靜等待。

她聽不出來艾莉娜麗潔的房事有打算結束的樣子，也沒有察覺「Dead End」會前來襲擊的跡象。

洛琪希突然覺得自己很蠢。同時也對沒去做該做的正事，只顧著幹想幹行為的艾莉娜麗潔產生無法以言語形容的不快感。明明自己還因為覺得現在根本沒空做這檔子事而強行忍住……

怒氣到達頂點的洛琪希決定去直接踹開艾莉娜麗潔的房門。

「妳到底要做多久！都沒有去收集情……報……」

「哎呀？洛琪希妳回來了啊？」

「……咦……啊？」

房間裡有五個男人。

「妳要不要也加入？」

滿屋子嗆鼻的男性氣味，臉上掛著下流笑容的男人們，再加上露出恍惚表情騎在男人身上的艾莉娜麗潔。在洛琪希的常識裡，並不知道「這種行為」居然可以在彼此同意的情況下和複數對象進行。

「啊……哇……」

如此罪孽深重的光景，隨便就衝破了洛琪希處理能力的極限。

「嗚哇啊啊啊啊啊啊！」

她發出誇張的慘叫聲，逃出現場。

衝進隔壁房間後，洛琪希邊大口喘氣邊抓起魔杖。

「雄偉的水之精靈，登上天空的雷帝之王子啊！以英武的冰之劍擊落目標吧！

『冰霜擊（Icicle Break）』！」

旅社半毀。

★★★

到了第三天，一行人離開城鎮。

因為發生那種事，情報收集草草了事，也忘記向公會提出委託。

而且還破壞了旅社，為了支付修理費，荷包受到相當慘痛的打擊。

「這一切都是艾莉娜麗潔小姐的錯。」

「我也沒辦法啊，去小巷子裡收集情報時，受到了熱烈的追求嘛。」

「就算是那樣，但是……五個人……對方有五個人耶！」

「洛琪希妳總有一天也會明白。像我這種既強大又美麗的冒險者卻被五個小混混百般玩弄完全無力抵抗，光是想像那種狀況感覺似乎就會懷孕。」

「我完全不想懂。」

就讀魔法大學時，洛琪希還是個小孩，並不懂情侶和夫妻這類關係有什麼價值。

直到目睹保羅和塞妮絲鶼鰈情深的生活，才真正動了想要找個對象的念頭。

覺得自己也想要有那樣的伴侶。

但是要怎麼找呢？考慮這個問題時，洛琪希回想起魔法大學時代一個認識的人。她說過是在迷宮最深處遇見後來的丈夫，兩人攜手克服困難，終於共結連理。

洛琪希覺得就是這樣！

只要自己也潛入迷宮，至少可以找到一個對象吧。

妄想在她的腦中成長。

在迷宮的最深處，碰巧有一個具備男子氣概，態度堅定，身材修長，但是表情卻還帶點稚氣的人族青年出手幫助自己。然後兩人就這樣合力一起離開迷宮，過程中彼此都萌生情愫，總算離開迷宮時青年卻得知同伴死去的消息，於是洛琪希安慰起他……接下來進入夜晚的時間。

然而真正闖入迷宮後，這種幻想被輕易打碎。

迷宮的環境極為嚴苛，冒險者們都繃緊情緒，只有洛琪希還那麼幼稚。

來到第五層左右就已經見不到單身闖蕩的冒險者，於是她在此放棄邂逅對象的念頭。

到了第十層左右發現只靠自己實在過於艱辛因此想募集隊友，然而像個小孩子的外表卻遭到輕視，多次受人嘲笑。於是洛琪希賭氣般地繼續一個人闖蕩迷宮，結果終於成功突破。

那是因為年輕時血氣方剛。過程中好幾次面對性命之危，只能說是運氣很好。洛琪希絕對不想再來一次。

「也是啦，洛琪希必須先找到最初的第一個對象才行呢。如何，下次一起……」

「我絕對不配合。」

幻想破滅了。

然而，理想還在。想在迷宮深處找個帥哥當對象大概是不可能達成的事情，不過應該還是可以像其他人一樣談場戀愛，然後和平常人一樣結婚。

洛琪希完全不打算像艾莉娜麗潔那樣隨便委身於路邊釣到的不知名男性。

「而且基本上，現在根本沒有空把重心放到那種事情上。」

至少在魔大陸旅行的期間，自己還是保持單身就好。洛琪希如此決定。

就這樣，儘管第一步有些受挫，但洛琪希還是展開在魔大陸上的旅程。

第四話「船上的賢者」

那天晚上，走私組織的賈爾斯只說之後會再聯絡我們就離開了現場。

我們等了大約十五天，才從他派來的人口中得知今後的預定和工作的內容。

包括暫時存放走私貨物的建築物在哪裡，還有我們必須放走被關在那裡的對象，並把他們送回家。

用什麼手段則不過問。

工作內容模糊不清，計畫聽起來也漏洞百出。

然而我們充其量只是被僱用的人員，只要依言照辦應該就行了吧。

只是，這次的委託多少有點危險，因此決定只由我和瑞傑路德兩個人去執行。

艾莉絲必須待在旅社裡等待。

★★★

移動那天。

時間來到深夜，是一個沒有月亮的夜晚。

指定地點是港口角落的棧橋，周圍安靜到簡直有點詭異，只能聽見海浪聲。

棧橋邊停著一艘小船，還有一個把看起來就很可疑的兜帽帽沿拉得非常低的人物。

根據事前的溝通，必須把想走私的人物交給走私販子，因此我把瑞傑路德交給他。瑞傑路德雙手反綁，還銬著指定的手銬。

「…………」

當委託走私販子運送的貨品是活人時，全都會被視為奴隸。運送奴隸必須支付的金額是綠礦錢五枚，這是固定的行情價，但我們不必付錢。

不過只是用了賈爾斯先暫時代墊為名目，受到的對待還是不變。

我們並不是賈爾斯的傭兵，而是被視為走私奴隸的犯罪者。

「那就麻煩了。」

「…………」

走私販子完全沒開口。

只是靜靜點頭，讓瑞傑路德搭上小船，用麻袋套住他。

小船的船頭有一個人，還有幾個套著麻袋的傢伙。

看大小應該沒有小孩，確認瑞傑路德也上船後，走私販子對小船打出信號。

坐在船頭的那個男子詠唱魔術，於是小船無聲無息地開始航向夜裡一片漆黑的大海。雖然我沒聽清楚詠唱的內容，不過似乎是靠水魔術產生水流前進。

我應該也能做得到。

小船駛向停在較遠海面上的大型商船，把奴隸們送上去後，似乎會在清晨出港。

即使坐在小船上，瑞傑路德也一直朝著我這邊。

就算被麻袋罩住，他還是知道我的方向。

目送他離開的我腦中響起多娜多娜這首歌。

啊，不，沒這回事。我又沒有把他賣了。

只是暫時分開行動。

隔天，我賣掉為我們辛苦工作一年的蜥蜴。

從利卡里斯鎮到此地，作為我們交通工具的牠真的非常努力。

雖然很想就這樣代替馬車搭回菲托亞領地，但是要把蜥蜴牽上船必須支付稅金，而且到了米里斯大陸可以改用馬。

這世界的馬速度快，體力也好上許多，沒有必要搭乘蜥蜴。

艾莉絲抱住蜥蜴的脖子，輕拍牠的身體。儘管沒開口說話，不過她看起來很寂寞。畢竟這隻蜥蜴和艾莉絲很要好，在旅途中也經常舔她的腦袋，讓艾莉絲滿臉都是口水。

居然讓艾莉絲沾滿黏液，真是隻色咪咪的蜥蜴。

因為自己也很想在艾莉絲身上舔來舔去，所以嫉妒這隻蜥蜴的情緒還記憶猶新。

沒錯，這隻蜥蜴也是我們的同伴，是「Dead End」的一員。

不該總叫牠蜥蜴。

至少要取個名字。

好，從今天起你就叫格○哈吧，是想要許多人類友人的海上男兒。（註：出自電玩《Romancing SaGa》系列裡的蜥蜴人ゲラハ（格拉哈））

「這隻蜥蜴挺順從，在旅途中有好好馴服過嗎？」

買賣蜥蜴的商人感到很佩服。

「是啊。」

負責馴服蜥蜴的人是瑞傑路德。

雖然他並沒有特別做什麼，但是格○哈和瑞傑路德之間的確有著主從關係。

我想這傢伙一定也很清楚這支隊伍中誰最強。

順道一提，牠和我的感情不是很好，我被咬過好幾次。

嗯，一回想起來就覺得不爽。

「哈哈，不愧是『Dead End』的飼主，這麼聽話可以多賣點價錢。因為最近有很多人對蜥蜴的態度很隨便，重新調整時真的很辛苦。」

這樣說的商人是路格尼亞族，也就是蜥蜴頭。

在魔大陸上，長著蜥蜴頭的種族負責馴服蜥蜴。

「慎重對待一起旅行的同伴是理所當然的行為啊。」

經過這種對話後，格○哈（蜥蜴）真的跟多娜多娜裡的小牛一樣了。

我的手裡有賣掉同伴得到的金錢。

一旦這樣想，就讓我覺得這筆錢很骯髒，真是不可思議。

果然還是別取名吧，會不由自主地投入感情。

永別了，無名的蜥蜴，我不會忘記你的背。

「嗚嗚……」

我聽到艾莉絲吸著鼻子啜泣的聲音。

賣掉蜥蜴後我們立刻移動，直接搭上渡船。

「魯迪烏斯！是船耶！好大喔！哇！會晃動！這是怎麼回事！」

艾莉絲剛踏上船就興奮到不行。

她大概已經把和蜥蜴別離的事情拋在腦後，能夠迅速切換情緒也是艾莉絲的優點。

這艘船是木造的帆船，聽說是大約一個月前剛建造好的最新型。

這次好像是處女航兼測試，將航行到贊特港。

「不過，這艘船的外型跟以前看過的好像不太一樣呢。」

「艾莉絲妳以前有看過船嗎？」

明明來到這裡之前連大海都沒看過。

「你在說什麼啊，魯迪烏斯你的房間裡不就有嗎？」

這麼說來，我記得自己的確做過那種東西。

真讓人懷念。當初是為了訓練土魔術才開始嘗試，後來發現這個說不定連人偶模型都不成問題，所以著手製作十分之一的洛琪希模型。

好久沒做人偶模型了。

因為不知道什麼時候會需要消耗多少魔力，也沒有進行魔力消耗的訓練。

頂多只有和瑞傑路德與艾莉絲一起動動筋骨而已。

最近真的是太偷懶了，等狀況穩定下來，說不定必須重頭鍛鍊。

「我是基於想像製作，所以細節不同也是沒辦法的事情。」

而且，聽說這艘船是最新型嘛。雖然我不知道是哪個部分如何最新。

「真了不起，居然可以搭乘這麼巨大的東西渡過大海。」

艾莉絲感到非常佩服。

★★★

出港後過了三天。

我在船上思考。

船……講到船，可以說是事件的寶庫。不可能搭上船卻沒有發生任何事件。

可以這樣說，不，我敢斷言。

例如看到船外的海豚在海上跳躍，女主角大喊：「快看！好厲害喔！」於是我回答：「我晚上的技巧更厲害喔」。

然後女主角就說：「好棒喔！快來征服我吧！」我則回答：「喂喂，怎麼在這種地方講這種話，真是隻不乖的小貓咪啊」……諸如此類的情境。

唔……好像不太對……

對，講到船——就要搭配襲擊。

會遭到章魚或烏賊或大海蛇還是海盜或幽靈船襲擊，然後下沉、漂流、擱淺。最後到達的地方是孤島，和女主角兩個人一起展開共同生活。一開始討厭我的女主角也會在達成幾次事件後慢慢軟化。

講到孤男寡女在孤島上獨處，要幹的事情也只有一件。

交錯的視線，燃燒的熱情，沸騰的激情，噴濺的汗水，迴響的浪聲……還有清晨的咖啡。

只有兩個人的樂園。

另外，講到被章魚襲擊的案例，女主角也幾乎都會面對既定的命運。會遭到看起來根本不像是只有八根的大量觸手襲擊，被懸掛在半空中。扭動的身軀，特別突出的胸部，往內鑽的觸手。

這是會讓人掌心出汗的緊張精彩場面，絕對無法移開視線。

然而，現實卻很無情。

愛莉絲現在正待在船艙裡，臉色鐵青地面對桶子。原本看她因為第一次搭船而非常興奮，結果途中就開始抱怨想吐。明明搭蜥蜴時沒事，為什麼搭船卻不行呢？

搭任何交通工具都沒有不舒服過的我無法理解。

能確定的只有一件事，那就是對於暈船的人來說，即使晃動並不是那麼嚴重，其實也沒有太大的意義。

第四天，章魚出現了。

大概是章魚吧，呈現簡直刺眼的水藍色，而且超大一隻。

不過，章魚並沒有纏住美少女，而是被護衛的S級隊伍輕鬆擊退。

公會裡應該沒有貼出護衛船隻的委託。因為要是有，我一定會搶先承接。

抱著這種疑問的我去請教附近的商人，才知道他們似乎是專門護衛船隻的隊伍。

隊伍名稱是「Aqua Lord」。

已經和造船廠公會簽下專屬契約，主要工作是海上護衛。而且正因為是專家，所以能輕鬆解決這條航路上會出現的魔物。

沒有發生讓人興奮緊張的觸手事件，真遺憾。

不過基本上還是有收穫。

為了以備萬一，我在旁觀察這次戰鬥。主要是想看看他們的戰法。

老實說，對於成員的個別實力，我一開始忍不住哼氣嘲笑。

以前衛身分戰鬥的劍士雖然有實力，但是比不上基列奴。

負責擋下攻擊，吸引住敵人注意力的戰士雖然有實力，但是比不上瑞傑路德。

至於在後衛給予章魚致命一擊的魔術師，大概比我還弱吧。

我很失望，聽說是S級隊伍，結果只有這種水準嗎？

原本還以為這世界上有許多高手，搞不好其實沒什麼大不了。

不過，我立刻修正想法。

他們是S級的「隊伍」。

所以該注意的重點並不是成員的個人能力，而是團隊的合作默契。

即使個別的能力並不高，但他們還是打倒了那隻大章魚。

即使個別的能力並不高，但他們還是升上了S級。

這才是重點。正因為每個成員都確實達成自己的任務，才能讓集團發揮出巨大力量。

這就是團隊合作的默契。

是我們「Dead End」缺少的部分。

「Dead End」成員的個別能力很強大，但是，在團隊合作這方面又如何呢？

即使在團隊合作方面，瑞傑路德也特別優秀。或許是待過軍隊的經驗有發揮出來吧，他同樣擅長集團戰鬥。萬一我或艾莉絲犯下什麼錯誤，都會有效地幫忙彌補。在仇恨值的控制上也特別高明，魔物的注意力總是完全放在他身上。

問題是，他本身太強了。

就算面對他一個人就能打倒的敵人，也會勉強導入靠隊伍作戰的形式。當然我不至於批評這樣不好，但毫無疑問是扭曲的狀況。

基本上，我認為自己也懂什麼叫作團隊戰。不過充其量也只是腦中的知識，並不會因為知道理論就能夠順利行動。有時候會只顧著對付逼近自己的敵人，在魔物數量多的時候，也相當依賴瑞傑路德。

至於艾莉絲根本不行。

她會老實聽從指示，然而，無法在戰鬥中以優良的默契配合周圍。艾莉絲總是太過拚命想對付眼前的敵人，因此會一個人過於突出。講好聽點是她戰鬥時可以放開手腳不受限制，問題是艾莉絲從來不曾支援過我和瑞傑路德。

當然基本上，瑞傑路德和我的確是不需要支援啦……

只是繼續這樣下去，萬一因為某種理由必須和瑞傑路德分道揚鑣，我沒有自信能徹底照顧好艾莉絲。

雖然得到了魔眼，我還是只有兩隻手，保護自己的手和保護艾莉絲的手。用一隻手能顧及的範圍實在有限。

「魯迪烏斯……」

我正在思考這些問題，鐵青著一張臉的艾莉絲來到甲板上。

接下來直接搖搖晃晃地走到船舷旁邊，朝著船外用力嘔了一聲。

看起來已經吐到只剩下胃液。

「我……我這麼難受……你為什麼……待在這種地方……」

「對不起，因為大海很美。」

「沒良心……嗚嗯……」

一隻眼裡含著淚水的艾莉絲抱住我。

她的暈船很嚴重。

第五天，艾莉絲依然在船艙裡無法起身。

而我則是一直陪在她身邊。

「嗚……嗚嗚……頭好痛……幫我用治療術……」

「好好好。」

問過船員才知道，原來治癒魔術對暈船有一點點效果。

試了一下之後，確定艾莉絲會稍微舒服一點。

暈船是起因於自律神經失調，對頭部施加治療術後，可以暫時緩解。

大概是同樣的道理吧。話雖如此這效果並不會持續，不舒服的感覺也不會完全消失。

「噯……我……會死嗎……」

「因為暈船死掉也太好笑了。」

「哪裡好笑……」

船艙裡沒有其他人。

雖然船隻本身是艘大船，然而從魔大陸前往米里斯大陸的旅客似乎不多。不知道是因為魔族的渡海費用比人族昂貴，或者是因為對魔族來說，還是魔大陸住起來比較好過日子？

我對於這部分並不太清楚。

總之船艙裡只有我和艾莉絲兩個人。

在安靜又昏暗的房間裡，只有失去抵抗能力的艾莉絲，以及這五天以來，一直照顧虛弱艾莉絲的我。

一開始我覺得即使是這樣也不錯。

但是，使用治療術時就會造成問題。因為幫艾莉絲施加治療術時，我必須接觸她的頭部。如果要定期使用，就要讓艾莉絲躺在我的大腿上，做出類似抱住她腦袋的姿勢。

於是，我內心會湧上奇妙的感覺。

「奇妙」算是一種不太正確的講法。

講白一點，就是開始冒出邪念。

大家可以試著想像一下。在船艙裡，平常態度強硬的艾莉絲雙眼溼潤，呼吸急促，以虛弱的語氣提出懇求：「拜託……拜託你動手（用治療術）吧……」。

聽在我的耳裡，「用治療術」那部分的音量被關到最小。

不管怎麼看，都覺得艾莉絲是在引誘我。

當然沒那回事。

艾莉絲只是身體不適。

儘管我沒有暈船過，也知道那會讓人很不舒服。

「……」

碰觸對方，這行為本身並不糟糕。問題是……

觸摸青春少女的頭部，感受對方的體溫。這就是會帶來刺激的行為。

即使碰觸的地方並不是什麼曖昧部位，也還是會帶來刺激。刺激性不高，但長時間持續就很不妙。

要碰觸就是能主動摸她，能主動摸她就等於距離很近。距離很近就代表我可以把艾莉絲冒著冷汗的額頭、脖子、胸口……全都看得一清二楚。

更何況對方還是虛弱到渾身癱軟的艾莉絲。

平常不小心稍微碰到一下就會以拳頭教訓我的對象，現在卻成為任人宰割的俎上肉。

她已經是我的囊中物了吧？

隨便我想幹啥應該都沒問題吧？

內心萌生這種想法。

我想就算現在把艾莉絲的衣服扒光，帶著慾火壓到她身上，艾莉絲大概也不會抵抗吧。

不，應該說是無法抵抗。

大概只能露出已經放棄一切的虛弱表情，任憑一行淚水沿著臉頰滑落，被迫接受我。光是想像那樣的光景，我跨下的王者之劍(Excalibur)就即將出鞘。而且腦中的亞瑟王也在高聲大喊，告訴我現在的艾莉絲無法抵抗，這種機會再也不會出現，正是脫離「那種身分」的大好機會。

然而，我心中的梅林卻要我忍耐。

他問我不是已經決定了嗎？決定要遵守忍耐到十五歲的承諾。

也決定要忍耐到這趟旅途結束。

我支持梅林的告誡。

然而，我的忍耐力也已經逼近極限。

例如，如果我試著去稍微捏一下她的胸部如何？

我想肯定非常柔軟。而且不只柔軟，沒錯，所謂的胸部並不是一片柔軟，在柔軟當中，還有一處比較硬的部分。

那是聖杯，正是我的亞瑟王追求的聖杯。

萬一我的（高文）手發現聖杯會如何？

會引發劍欄之戰（Battle of Camlann）。

嗯，當然，不只是聖杯。

艾莉絲的身體每天都在成長，她正處於發育期。尤其是某個部位（胸部），或許是因為遺傳，正急速和她的母親看齊。我想，艾莉絲一定會繼續像這樣成長為一個妖艷氣質特別強烈的美女吧。

而且，還會吸引住周遭所有男人的視線。

其中大概會有人宣稱「哼！稍微再小一點才最剛好啊」。

畢竟人各有所好。

但是我可以告訴那樣的傢伙。

我知道那「最剛好」的時期是什麼樣子喔。

明白我的意思嗎？就是現在，就是這瞬間，我能夠得到艾莉絲的過去。

「呼……呼……」

我的呼吸變得急促。

「魯……魯迪烏斯……？」

艾莉絲對我露出不安的表情。

「你……你還好吧？」

她的聲音敲擊我的耳朵。平常總覺得這聲音既尖銳又太大聲，讓我有點不舒服。

但是現在卻化為最恰當的音調，麻痺著我的腦袋。

「呼……呼……我沒事，妳放心，因為我承諾過……」

「……難過的話不需要勉強喔。」

「！」

叫我不需要勉強，意思就是不需要忍耐嗎？

不管做什麼都ＯＫ的意思嗎？

……只是開開玩笑而已。其實我很清楚，她是在問我如果要繼續施展治療術，魔力方面能夠負擔嗎。

我當然知道艾莉絲很相信我。

相信我絕對不會在這瞬間出手。而且，我也不會背叛這份信賴。

魯迪烏斯．格雷拉特不會背叛。

這就是回應他人信賴的表現。

好，化身為機械吧。

我是只會施展治療術的機械，是沒血沒淚的機器人。

什麼都不去看，因為一看到艾莉絲的臉就會失控。

這樣想的我閉上雙眼。

什麼都聽不見，因為一聽到艾莉絲的聲音就會失控。

這樣想的我塞住耳朵。

化身為遲鈍的呆頭鵝，沒有欲望，所以不會失控。

這樣想的我封閉住內心。

然而，艾莉絲頭部的溫度和香味……讓我的決心瞬間消散。

我感覺腦袋快要沸騰。

啊……不行了，忍耐力已經到了極限。

「艾莉絲，我去一下廁所。」

「……噢，你是想上廁所卻一直忍著嗎……慢走……」

我丟下輕易相信這說詞的艾莉絲，離開船艙。

迅速移動，找個四下無人的所在。立刻就找到了。

接下來是極為幸福的一段時間。

「呼……」

就這樣，我成了賢者。還進一步閉上眼睛，直到成為聖人之前，都要變身為〇人進行自我催眠。（註：出自《假面騎士強人》）

「我回來了。」

「嗯，你回來啦……」

我以宛如菩薩的表情回到船艙，化身為施展治療術的機械。

「……嗯？魯迪烏斯，你有吃了什麼嗎？」

「咦？」

「聞聞……有個奇怪的氣味……」

我忘了洗手。

★★★

一下船，艾莉絲立刻恢復精神。

「我再也不想搭船了！」

「不，從米里斯大陸前往中央大陸時，還要再搭一次。」

聽到這句話，艾莉絲露出明顯的厭惡表情。

接著回想起待在船上時的情況，臉上滿是不安。

「那個……到時候你會再一直幫我施加治療術嗎？」

「是可以啦，不過下次我可能會做什麼色色的行為。」

我正經八百地回答。

真的是嚴重問題，持續忍耐那種半死不活的狀況，根本和拷問沒兩樣。

「嗚……為什麼要說那麼壞心的話！」

不是壞心，是我真的很痛苦。

我現在可以理解眼前放了上等佳餚，卻被迫一直忍耐的狗是什麼心情。肚子裡空空如也，美食還主動說著：「吃吧吃吧吃了我吧」。即使喝很多水暫時把肚子填滿也沒有意義，因為美食不會消失，也很快會再度感到飢餓。

「因為艾莉絲很可愛，我只能拚命忍耐。」

「……真……真沒辦法，下一次……就允許你稍微碰一下吧。」

艾莉絲整張臉都紅透了。

真是可愛的反應，不過她的「稍微」和我的欲望有著過於巨大的差距。

「很遺憾，到時不可能『稍微碰一下』就了事。請妳先做好心理準備，真的可以被我狠狠折騰之後再講那種話。」

艾莉絲啞口無言。真希望她不要說出那種會讓我產生期待的發言，也希望她能讓我有機會守住承諾。因為我一旦打破承諾對她出手，彼此之後必定都會留下疙瘩。

「總之我們走吧。」

「啊……嗯，知道了。」

艾莉絲的情緒切換得很快，她志得意滿地邁步走向城鎮中心。眼前出現和溫恩港很相似的街景。

這裡是贊特港，米里斯大陸北邊的城鎮。

沒錯，米里斯大陸。

終於來到這裡了。而且，今後的路還很長。

「魯迪烏斯，你怎麼了？」

「不，沒什麼。」

先別想今後還需要多少時間吧，總之持續朝著下一個城鎮前進才是最重要的。不過若想動身，恐怕得努力存錢並購買馬匹才行。

「接下來……」

還有在繼續旅程之前，必須先進行那件工作。

既然麻煩對方幫忙把人帶來這裡，當然要確實達成委託。

不過，工作時間是晚上。目前還有一些時間，該怎麼辦呢？

貨幣已經先在魔大陸那邊兌換好了，沒有必要前往冒險者公會。

那麼，先找好旅社吧，找個地方讓搭船疲勞的身體休息。

休息完再開始工作。雖然會讓瑞傑路德辛苦比較久……不過也沒關係，讓他忍耐一下吧。

就這樣，我們到達米里斯大陸。

第五話「倉庫裡的惡魔」

港都贊特港。

這裡擁有和溫恩港很相似的街景。城鎮裡同樣有許多坡道，港口那邊也同樣比市區更加熱鬧。還有連冒險者公會並不在城鎮中心，而是位於靠近港口的區域這點也是一模一樣。

不過，可以找到幾個不同之處。

首先這裡的木造建築比溫恩港多，而且或許是為了對抗海風的侵蝕，都漆著色彩豐富的塗料。城鎮裡有整排的行道樹，往城外望去，還可以看到遠方有一片茂密的森林。

到處都是綠色。

和只有白色、灰色、褐色的魔大陸相比，甚至會覺得景象太過刺眼。

只不過隔著一片大海，簡直成了另一個世界。不過話又說回來，該說這裡不愧是米里斯大陸嗎？連路上行人的外表都不是那種會讓人感到荒唐無稽又顯得雜亂的魔族，反而幾乎都是人族、獸族、長耳族、礦坑族和小人族這些看起來和人類相近的種族。

好啦，在尋找旅社之前，首先要確認目前持有多少現金。

以魔大陸的貨幣來計算，我們只有綠礦錢兩枚、鐵錢十八枚、屑鐵錢五枚以及石錢三枚。

兌換之後，成了米里斯銀幣三枚、米里斯大銅幣七枚、還有米里斯銅幣兩枚。

雖然比原本推測的金額還少，不過好像是被收了手續費。

要是必須去麻煩沒有加入公會的無照匯兌商，大概會被抽掉更多費用。

既然如此，這點損失還在可以接受的範圍。

「希望能找到離冒險者公會近一點的旅社。」

「是啊，畢竟我們也必須去承接委託嘛。」

雖然也要看工作的情況如何，但是從明天開始，又要一邊進行委託一邊宣傳「Dead End」的名聲。

調查之後，我才知道「Dead End」這號人物在米里斯大陸上似乎不太有名。

或許無法繼續利用知名度的日子很快就會到來。

我一邊盤算，同時開始在公會附近尋找落腳處。然而很不可思議的是，價錢符合需求的旅社已經全都客滿。這是我們第一次碰上這種事情，儘管以前也發生過好幾次旅社沒有空房的狀況，但萬萬沒想到幾乎所有的旅社都已客滿。

該不會是要舉行什麼祭典之類的活動吧？

這樣推測的我向旅社老闆打聽了一下，才知道原因是：「雨季已經快要來臨，比較好一點的地方大概全都滿房了吧」。

雨季指的是米里斯大陸「大森林」地區的特有天候，據說會降下持續約三個月的大雨。

大森林裡會淹起大洪水，道路當然無法通行。

因此，似乎有很多客人在這個時期會住宿比較久。

我本來認為一般來說，人們應該會避免雨季被困在這種地方才對。後來才知道只在雨季出沒的魔物好像也會誤闖到城鎮這邊，而且那個魔物身上的素材可以賣得高價，因此這時期會有很多冒險者選擇在此長期停留。

得知這些情報後，我決定改變方針。

既然魔物的素材能賣得高價，對我們也有好處。

在這裡待三個月努力賺錢，盡量多存一點今後的旅費，應該是比較好的做法吧。

還可以順便宣傳瑞傑路德的名聲。

只要一開始的全力衝刺進行得夠順利，大概還能讓我們在米里斯大陸上的旅程變得比較輕鬆。

不過呢，這叫作如意算盤打得太美。

現在手邊沒有多少錢，也找不到可容身的旅社。

可能還有空房間的地方只剩下比平常住宿處更貴的旅館，或者是等級低很多的客店。

畢竟巧婦難為無米之炊，前者住不起。以結果來說，我們只能去那種房客不是善類的地方，講白一點，就是在貧民窟附近落腳。

一晚大銅幣三枚，吃飯要另外付錢，也沒有提供其他服務。

儘管便宜，但只是要睡覺的話其實還不差。

雖說在魔大陸上住過好幾次比這裡還糟糕的旅社，不過考慮到今後要待上三個月，還是一存到錢就換到其他地方比較好吧。

「哼！這裡還算可以！」

艾莉絲基本上應該是個貴族大小姐才對，但是她卻不介意老舊的房間和差勁的服務。

反而是我想抱怨。

「我倒是想住在好一點的旅社。」

「魯迪烏斯你真任性。」

我沒辦法反駁說艾莉絲妳沒資格講我。

因為仔細想想，這位大小姐以前曾躺在到處都是小蟲，而且充滿馬糞臭味的馬廄稻草堆上呼呼大睡。即使我動手去捏她的胸部，依舊熟睡不醒。

和轉生之後還是想賴在溫暖被窩裡的我不一樣。

所以，我也不該耍任性。我能做的只有用魔術製造出熱風吹向床鋪，把塵蟎都殺光而已。

接下來，手腳迅速地打掃房間。

我並沒有那麼愛乾淨，老實說，我比較喜歡東西隨便丟的狀況。不過在這種旅社裡，偶爾能找到以前客人的失物，例如掉在床鋪縫隙裡的錢幣，或是小小的戒指之類。找到錢的話可以直接收下沒問題，不過如果是戒指之類的東西，有時候會在冒險者公會裡找到相關委託。

內容是「如果幫忙找到願意付錢酬謝」的這類委託不看層級高低，任誰都可以承接。

基本上只會給點小錢，不過聽說有機會拿到大筆酬勞。

所以，我都會徹底打掃。

在我打掃的期間，艾莉絲去借了個水桶，稍微洗洗衣服，還俐落地保養好裝備。

等我們忙完時，已經來到太陽開始西沉的時刻。

「艾莉絲，我差不多該去接瑞傑路德了。」

講完這句話，我突然想到這間旅社的立地。

貧民窟就在附近，治安也不好。

我們在魔大陸時，也曾經住過靠近貧民窟的旅社。結果外出執行委託時，就被小偷輕輕鬆鬆闖入。那時是靠瑞傑路德發現痕跡，追上去狠狠教訓了對方一頓，然而被偷走的物品已經脫手給別人，到最後還是沒能取回。

那次被偷的東西並沒有什麼大不了。

這次也一樣，我並不打算把貴重物品放在房裡。不過，還是該先做好萬無一失的防範措施。

還可以拿來作為不帶艾莉絲出門的藉口。

「艾莉絲，請妳留在房裡負責顧著行李。」
「留在房裡？我不可以去嗎？」
「雖然並不是那樣，但這一帶看起來治安似乎很差。」
「沒差吧，反正沒什麼值錢的東西。」
我的天啊。
艾莉絲對犯罪的警覺意識太低了。就算只是平常用的雜貨，一旦被偷走還是會造成困擾，因為我們手頭不太寬裕。我必須藉此機會，好好灌輸她必須提高警覺的概念。
「妳聽我說，剛洗好的內褲可能會被偷喔。」
「只有魯迪烏斯你會去偷那種東西吧！」
毫無反駁的餘地。
……只是啊，艾莉絲。我可從來沒有試圖偷走已經洗乾淨的內褲喔。

★★★

我隻身走在夜晚的城鎮裡。
為了說服艾莉絲，花了很多時間。
不過，對犯罪提高警覺真的是很重要的事情。

好啦，雖然對方要我們在晚上工作，但是並沒有指定明確的時間。說是日落後隨時都行，這代表只要我們能救出被抓的奴隸們，隨便挑哪個時機動手都沒問題。只是既然雨季很快就會來臨，走私販子應該也想在那之前出船，所以恐怕不能拖太多天。

再加上現在的瑞傑路德被視為奴隸。雖說對方應該至少會讓奴隸還能維持住生命，不過這一星期以來，說不定他也遭受不人道的待遇。

搞不好連飯都愛給不給……意思是他大概餓著肚子。

人只要餓著肚子就容易發脾氣。

我得趕快去接他才行。

我單手拿著瑞傑路德的槍，前往埠頭。

在埠頭角落，並排著四棟大型木造倉庫。我溜進寫著「第三號倉庫」的建築物裡後，發現裡面有一個男子正在默默打掃。

他留著世紀末最常見的莫霍克髮型。（註：出自漫畫《北斗神拳》）

我對男子問了一句話：

「嗨，史提夫。海邊的珍過得好嗎？」

據說這是暗語。

莫霍克髮型男看著我露出狐疑表情。

「怎麼了，小子。有事嗎？」

唔？難道是我說錯了嗎？不對，是因為我是個小孩，所以他感到懷疑。

「是主人派我來領取貨物。」

這樣回答後，莫霍克髮型男似乎總算接受。

他靜靜點頭，對我說了句：「跟過來。」，接著往倉庫內部走去。

我一言不發地跟在他身後，移動到倉庫深處。那裡有一個差不多可以容納五個人的大木箱，莫霍克髮型男從箱子裡拿出一支火把，然後推開木箱。

下面出現樓梯，莫霍克髮型男動動下巴，指示我下去。按照指示沿著樓梯往下後，通往一個潮濕的洞窟。

從後面跟上的莫霍克髮型男點起火把，領著我前進。我一邊小心不要因為濕滑地面跌倒，同時跟著往前走，在洞窟裡移動了約一小時。

走出洞窟後，我們來到森林裡。

看樣子似乎已經離開城鎮。

之後又走了一小段路，出現一棟像是藏在樹木之間的大型建築物。

外表看起來並不像倉庫，反而更像是有錢人的別墅。

那就是保管地點嗎？

但是把房子蓋在這種森林裡，不會遭到魔物襲擊嗎？

「我想你應該知道，千萬別洩漏這裡的事情。要是你敢說出去……」

「我很清楚。」

我重重點頭。

要是把這個地方告訴外人，對方一定會把我找出來殺了滅口。

在魔大陸那邊，已經先聽賈爾斯說過這些規定。

既然特地要人訂下口頭承諾，我倒覺得不如簽字畫押還比較好。

為什麼他們不那樣做呢？

……是因為有些種族沒有指紋嗎？還有，大概也因為彼此都不想留下書面文章吧。

畢竟還是不要有具體證據最好。

「……」

莫霍克髮型男在入口敲了敲門。

咚～咚～咚咚～咚～咚咚～

敲門方式大概也有什麼既定規則吧。

過了一會，裡面出現一個穿著執事服的白髮男子。男子看了看莫霍克髮型男和我之後，簡短地說：「進來。」

我進入建築物。

正面是通往二樓的樓梯，旁邊是兩條走廊，左右都各有門扉。如果要形容得具體一點，就是類似豪宅大廳的地方。大廳角落有一張圓桌，幾個看起來惡形惡狀的男子正用手肘撐在桌上。

總覺得氣氛似乎有點緊張。

接著，白髮執事低頭看向我，眼神裡滿是懷疑。

「你是誰介紹的？」

「是迪茲。」

迪茲是賈爾斯指示我提出的名字。

「是那傢伙嗎？話說回來，居然派出這種小孩，你的主人真是相當謹慎。」

「畢竟經手的貨物是那種東西嘛。」

「哼！也對，快點帶走吧！放著實在嚇人。」

白髮執事邊說，邊從懷裡拿出一串鑰匙，把其中一把交給莫霍克髮型男。

「在二〇二號室。」

莫霍克髮型男靜靜點頭，往前走去。

沿路可以聽到地板被踩得嘎吱作響，還有不知道來自何處，像是呻吟聲的聲音。

偶而還會聞到動物的臭味。

這時突然經過一間有鐵欄杆的房間，因此我偷看一下裡面，只見在發出微弱光芒的魔法陣中央，有一隻被鐵鍊拴著的大型動物躺在地板上。雖然因為太暗而看不清楚，但是我在魔大陸上沒看過那樣的動物。

是米里斯大陸的生物嗎？

還有，那些被抓的奴隸們關在哪裡呢？雖然賈爾斯要求我們救出那些人，但是並沒有告知關押地點的詳細資訊……算了，這部分應該問瑞傑路德就知道。

莫霍克髮型男從房子深處的樓梯往下走。

我原本以為二〇二是指二樓，看樣子是在地下。

「原來在地下啊。」

「上面只是幌子。」

據說地上樓層放的是被發現也不會出什麼問題的貨物，至於地下就是那些通過海關會被收取相當高的稅金，或是走私會被判重罪的商品。

「到了。」

莫霍克髮型男在掛有二〇二門牌的房間前停下。

往裡面一看，可以看見手被綁在身後，頭上已經稍微長出綠色頭髮的瑞傑路德正坐在房內。畢竟已經過了一星期，也難怪會變成蓋著一層短毛的綠藻頭。

「有勞了。」

我這麼說完後，莫霍克髮型男點點頭，站到房間門口。

大概他基本上也算是監視者吧。

「別在這裡就把手銬打開，因為萬一斯佩路德族抓狂，那可沒辦法對付。」

這樣吩咐我的莫霍克髮型男臉色有點發青。

看來綠色頭髮這種東西就算是小平頭似乎也很有效果。

要是我乾脆地打開手銬，然後對瑞傑路德下令的話，他是不是會更害怕？

不不，我才不會像○夫那樣假借○虎的威風。（註：出自《哆啦A夢》）

好啦，話說起來我把手銬的鑰匙收哪裡去了？

我在懷裡找了一陣，根本沒看到……說不定被忘在旅社裡。

真麻煩，乾脆用魔術解開好了。我抱著這種想法靠近瑞傑路德，發現他臉色很難看。

果然人只要肚子餓就容易發脾氣呢。

等我一下，很快就可以讓你吃飽……

「魯迪烏斯，耳朵靠過來。」

瑞傑路德低聲說道。

「什麼事？」

我按照要求把臉湊了過去，這時莫霍克髮型男慌張地大喊：

「喂……喂喂！別靠過去，耳朵會被咬掉！」

沒問題，瑞傑路德應該會輕咬一下就放過我。我一邊在心裡隨便回話，同時繼續把耳朵貼近瑞傑路德。

「這裡有小孩子被抓，共七個。」
哦？沒想到那麼多。
「是獸族的小孩。似乎是被強行擄來，在這裡也能聽見哭聲。」
「……嗯，他們是工作的對象嗎？」
「不知道。但是，好像沒有其他人被關在這裡。」
小孩子……是奴隸嗎？那些人裡面有賈爾斯認為「會留下禍根」的對象？
還是另外有重要人物被抓？
「當然要救出所有人吧？」
「嗯，因為對方也沒有特別指定嘛……」
不管怎麼樣，把每一個房間都檢查過一遍就行了吧。
但是，還有另一個問題。
「建築物裡的保鑣相當多。」
「我知道。」
「要怎麼做？」
就算是瑞傑路德，要在不被保鑣發現的情況下救出奴隸，恐怕也難以成功。
「把他們殺光。」
真恐怖！

「要殺光嗎……」

「那些傢伙可是綁架小孩的犯人啊！」

瑞傑路德露出一臉難以置信的表情，彷彿遭到背叛。

不，我並沒有反對。關於我們要用什麼手段，賈爾斯也沒有特別表示意見。看他當初那個態度，恐怕已經先假設要讓瑞傑路德殺光所有人了吧。我原本打算先讓瑞傑路德獲得自由，然後再巧妙入侵，俐落地救出對象，這想法是不是太天真了？

只是考量到斯佩路德族的種族名譽，讓瑞傑路德殺人實在不是什麼好事，但這次算是逼不得已。

「不可以放過任何一個傢伙喔。」

我之所以這樣說，並不是基於什麼凶猛或殘忍的理由。

要是有顧客背叛，走私組織會派出他們自己培養的刺客。

等待背叛者的下場只有悽慘的死亡。

雖然我不確定賈爾斯會怎麼行動，不過他也有可能為了封住我們的嘴而送來刺客。只要有瑞傑路德在，區區刺客並不是什麼嚴重的事情，但沒辦法安心睡覺依舊不是好事。畢竟也無法保證瑞傑路德可以隨時陪在身邊。

「嗯，包在我身上。」

哎呀，不愧是瑞傑路德。這話聽起來真可靠。

「我絕對……不會放過任何人。」

真嚇人，他額頭上的血管都浮出來了。

我本來認為他最近已經變得比較溫和，但今天的瑞傑路德看來渴求著鮮血。

走私販子到底幹了啥好事？

「我可以問問小孩子們身上發生過什麼事嗎？」

「你只要看了孩子們的模樣就會知道。」

就算他這樣說……

「放心，你不需要弄髒自己的手。」

或許是因為我的態度而產生什麼誤解吧，瑞傑路德如此說道。

聽到這句話，我停止動作。

「不……」

他的發言化為一根小小的刺，扎中我的內心。

「我也……可以動手喔。」

的確，我這一年以來都避免殺人。

雖說我殺了很多魔物，也殺過看起來像人的魔物，但是沒有殺過人。

一方面是因為沒有理由必須殺人，另一方面也是因為有很多理由讓我不去殺人。

然而，事實上我的確不曾對哪個人動過想殺死對方的念頭。

這世界很嚴苛。

是個連彼此廝殺都是家常便飯的世界。我想自己總有一天應該也會奪走哪個人的生命吧，畢竟這種狀況遲早會到來。我原本自認已經做好心理準備。

然而仔細研究自己做過的事情，並沒有真正下定殺人的決心，而是去調節岩砲彈的威力。為了避免威力太強大而不小心殺死對象，我總是把魔術的威力降低到不會致命的程度。

到頭來，我對於殺人行為還是會感到抗拒。

無論嘴上怎麼說，我其實還是不想犯下殺人這種禁忌。

根本還沒做好心理準備，也無法做好心理準備。

瑞傑路德有發現到這一點。所以，他才會特地說那種話，那是體諒我的行為。

「別露出那種表情，你的雙手要用來保護艾莉絲吧？」

……算了。

也沒有必要勉強自己去殺人。

今天就借用瑞傑路德的力量吧。既然他說一個人能辦到，就全面交給他處理。

當個膽小鬼又怎樣呢？

我要去做自己能做的事情。

「我明白了。那麼，我去解救孩子們。你知道他們被關在哪裡嗎？」

「隔壁再隔壁的房間。」

「好。還有屍體請全部集中在同一個地方，之後要一口氣燒掉。」

「知道了。」

我默默打開瑞傑路德的手銬。

他一邊扭著肩膀讓關節喀喀作響，同時緩緩起身。

「喂！你為什麼有辦法打開手銬！」

莫霍克髮型男滿臉驚慌。

「不要緊，他會確實聽從我的指示。」

「真……真的嗎？」

聽到我的回答，莫霍克髮型男換上略為放心的表情。我把槍交給瑞傑路德。

「不過，會聽話並不代表他不會抓狂。」

「咦？」

莫霍克髮型男是第一個犧牲品。

瑞傑路德無聲無息地給他致命一擊，然後衝向樓梯，依然沒有造成任何聲響。

我前往反方向，目的地是關著小孩子們的房間。

「哇啊啊啊啊啊啊啊！」

「是……是斯佩路德族！手銬還被打開了！」

「混帳！居然還有武器！」

「是惡魔！啊啊啊！惡魔出現了！」

當我到達房門前時，一樓開始傳來慘叫聲。

第六話「獸族的孩子們」

那房間裡沒什麼光線。

在一片昏暗中，可以看到臉上帶著不安表情的全裸少年少女們扭動著身子。

他們各自長著不同的獸耳。

分別是四個女孩，三個男孩。年齡大概和我差不多吧。

有獸耳或精靈（Elf）耳朵的他們全都一絲不掛，雙手被銬在身後，身體縮成一團。

年幼的少女被脫光還上了手銬。

我從來沒想過能真正目睹這情景的日子會到來，這已經不只是眼福了，根本是年輕時的觀音菩薩吧。這就是桃花源……不，是天國嗎？

我終於到達天國了嗎？不過倒是沒有發現綠色的嬰兒！（註：出自《JOJO的奇妙冒險 PART6 STONE OCEAN》中的某段劇情）

情緒剛開始亢奮，我就注意到一件事。除了其中一個小孩，其他人看起來都有哭過，而且還有幾個人臉上帶著瘀青。

腦袋驟然降溫。

大概是因為哭鬧被嫌吵所以挨打了吧。

艾莉絲被綁架那次也是差不多的感覺。在這個世界裡，對綁來的小孩並沒有多少同情心。所以那些不客氣的虐待，全都被關在隔壁再隔壁房間裡的瑞傑路德聽進了耳裡。

難怪他無法忍受。

總之，乍看之下並沒有發現受到性虐待的痕跡。不知道是因為年紀還小，還是因為不想降低商品的價值。當然是哪個原因其實都不重要，但這應該算是不幸中的大幸。

如果是平常的我看到這些全裸的少女們，大概會產生「捏一下胸部應該沒關係」的念頭。

然而我現在的好色心有一點點降低。

畢竟下船前才剛轉職成賢者嘛。不過呢，智力方面並沒有提高。

行動受限的少年少女們。

少女中有三名女孩正掉著眼淚，還在持續啜泣。少年中有兩人看著我露出畏懼表情，剩下那一個倒在地上奄奄一息。

總之，我先對著倒地的少年施展治療術，再幫他打開手銬。

把嘴封住的玩意兒綁得很緊，沒辦法解開。

不得已，我只好用火燒。雖然害他受了點燒傷，不過反正是男孩子，只能讓他多忍耐。

接著對另外兩名少年也使出治療術，解開手銬。

「那……那個……你是……？」

少年使用的語言是獸神語讓我一時沒有反應過來，但是我已經確實學會獸神語。

「我是來救你們的人。麻煩你們三個去房間入口把風，如果看到有任何人靠近要立刻告訴我。」

他們三人不安地看著彼此。

「既然是男孩子，應該能做到這點事情吧？」

我這麼一說，他們就鄭重地收起表情並點了點頭，動身跑向門口。

我這句話沒有其他意思，也不是為了讓自己的視野裡只留下女孩子。

既然瑞傑路德在上面大開殺戒，我想應該不會有人過來。

不過凡事總有萬一。雖說我在進入房間之前就發動魔眼，並設定好可以看見一秒後的未來，但是背對房門就什麼都看不到。

我幫少女們一一解開手銬。

眼前有大的，也有小的。尺寸並沒有貴賤之分，我以平等眼光欣賞，然後打開手銬。絕對不會去隨便觸碰。

希望大家能把今晚的魯迪烏斯視為紳士。

接下來，我對身上有傷的女孩施加治療術。

這是享受的時……嗯哼，是治療的時間。施加治療術時，必須用手接觸患部才行。
所以，我沒有其他意思。雖然有個女孩是胸部附近瘀青，但是我真的沒有其他意思。
這女孩的肋骨都斷了，真嚴重……哎呀，這女孩是大腿骨骨折。
那些傢伙實在心狠手辣。
「……」
少女們用手遮掩著身體並站了起來。
至於塞口物，她們已經自己動手拆掉。另外不知道是不是我多心，總覺得那個看起來很好強的貓耳女孩在瞪我。
「謝謝你……嗚嗚……救了我們……」
犬耳女孩一邊害羞地遮掩身體一邊開口道謝。當然，她說的是獸神語。
「基本上還是問一下比較保險，你們聽得懂我說的話吧？」
看到所有人都點頭後，我鬆了一口氣。看來我的獸神語能確實溝通。
好啦，瑞傑路德那邊還沒結束嗎？我總不能帶這些孩子前往殺戮現場。
因為很有可能造成奇怪的精神創傷。
所以，暫時繼續留在這裡欣賞眼前美景……不對，先打聽一點狀況吧。
「我可以請教你們被抓來這裡的原因嗎？」
「喵？」

我選擇整群人裡面看起來最好強的貓耳少女提出疑問。

她是七個人中唯一一個臉上沒有哭過痕跡的孩子，但是相反地，身上卻有挫傷和骨折造成的瘀青。即使沒有艾莉絲上次被綁時那麼嚴重，但依舊是整群人中傷勢最重的一個。

第二嚴重的人是我最先治療的那個少年，不過這貓耳少女和少年不同，眼中還保有力量。

說不定她比艾莉絲更爭強好勝。

不，我想這女孩比當時的艾莉絲年長。如果年紀相同，我們家的艾莉絲應該不會輸。

呃，我是在爭什麼。

順便提一下，這女孩的胸器水準是所有人中的第二名，可以預測到將來會以相當狂妄的感覺繼續發育。然後再順便一下，胸器水準第一名是剛剛道謝的犬耳女孩。既然小小年紀就有如此等級，將來想必會變得相當欠缺節制。

真是不知檢點。

「我們在森林裡玩，就突然被奇怪的男人抓住了喵！」

我感受到衝擊。

是「喵」！語尾加上喵！真正的喵！

和艾莉絲的模仿不同。

這女孩是真正的貓耳獸族，而且並不是因為她講獸神語才會聽起來像喵。

是她真的講到句尾就加了個喵。真是 very good，我好想捏一下她的胸部。

啊，不是這樣。

「也就是說，你們所有人都是被強行抓來的嗎？」

我壓抑著感動情緒冷靜提問，於是他們全都點了點頭。

很好。如果這些孩子的背景是因為生活困苦而被父母賣掉，或是實在活不下去只好把自己賣掉，那麼我們的行為就成了幫倒忙。

太好了，我們是在助人，真的是太好了。

「搞定。」

這時，瑞傑路德回來了。

不知何時腦袋已經不再是綠藻狀態，還戴上了護額。

衣服也很乾淨，完全沒有沾到那些傢伙噴濺出來的血，不愧是瑞傑路德。

「辛苦了，有發現其他被抓的人嗎？」

「沒有。」

「那麼，去尋找可以給這些孩子穿的衣服吧，再這樣下去會感冒。」

「好。」

「大家請稍等一下喔。」

我們分頭去尋找衣服。

不過，沒有發現小孩子用的服裝，是抓人時就脫光丟掉了嗎？

我不懂他們為什麼要那樣做。

還有讓孩子們全身一絲不掛的理由也是個謎。

總之沒衣服是個嚴重問題，因為就算想去買，沒先穿點東西也去不成。

「嗯？」

我不經意地看向窗外，發現外面屍體堆積如山。

所有人都是心臟和喉嚨被一擊斃命。以前目睹那情境時感到超恐怖，現在反而覺得實在可靠。

不過，沒想到人數這麼多，血腥味也很濃，搞不好會引來魔物。

「還是早點燒掉吧。」

這樣判斷的我走出房子。

面對發出嗆鼻氣味的屍體堆，製作出火彈。

大小差不多半徑五公尺就行了吧。

使用火魔術時，如果想增強威力，不知道為什麼尺寸也會跟著變大。

但是我不想聞到肉被燒焦的氣味，所以要用一口氣把屍體燒成黑炭的火力來處理。

「哎呀。」

結果因為火力過強，有點波及到建築物和周圍。

我立刻施展水魔術滅火。真危險，差點成為縱火犯。

啊，糟了。早知道或許該先把屍體的衣服脫下來。雖然有血腥味，穿死人的衣服大概也會造成不快感，但只要洗過，應該還是可以穿一下……

「魯迪烏斯，解決了。」

我正在思考這些事，就看到瑞傑路德走出建築物，還帶著那些孩子。

孩子們身上都有穿衣服，不過與其說是衣服，看起來更像是披著布條之類。

「你在哪裡找到那些衣服？」

「斬斷窗簾做的。」

哦？腦袋真靈光啊，這算是老爺爺的智慧錦囊嗎？

★★★

好啦，委託內容是要我們救出並把對象護送回家。

也就是說，移動到城鎮內然後在那裡把孩子們送回父母身邊也包括在工作範圍內吧？

我點起放在建築物入口的火把，讓每個孩子們都拿一支。

至於回城鎮的路線，我決定不要走先前過來時的那個洞窟。

一方面是因為擔心被其他走私販子發現，另一方面是因為那條路線大概是想避免遭受魔物襲擊。

所以對我們來說根本沒差。

「喵——！」

這時，貓耳少女突然大叫。

喵～喵～喵～聲音在黑暗中迴響。

「怎麼了？」

心裡希望她別太吵的我開口發問。

「喵！你剛剛在房子裡有看到一隻狗嗎？」

貓耳少女抱住瑞傑路德的腳。

表情看得出來她很激動。

「有看到。」

「為什麼不救牠喵！」

話說起來的確是有隻動物，原來是狗啊。不過那動物看起來挺大隻耶。

「要先救出你們。」

孩子們全都以充滿責備的視線看著瑞傑路德。

喂喂，被救的人還擺出這種態度不太對吧？

「我話先說在前面，實際上救了你們的人是他喔。」

「這……這當然是很感謝喵，可是……」

「如果真心覺得感謝，嘴巴上也請表達一下。」

我這樣一說，孩子們就紛紛低頭道謝。

很好，這些小孩應該要更懂得感謝才對。

就算是因為走私組織自己內鬨才帶來這個委託，然而瑞傑路德真心為他們著想也是事實。

雖說很像是在強迫他們接受好意啦。

「我現在折回去救那隻狗，瑞傑路德先生請帶著孩子們回城鎮。」

「知道了，要帶去哪裡？」

「請在快要到達城鎮入口的地方等我。」

我留下這些話，順著原路折返。

問我要把他們帶去哪裡嗎……真是個困難的問題。

一開始我有想到可以帶去冒險者公會，提出「我們收留了一些小孩，正在尋找他們的家人」這樣的委託，再把孩子們移交給冒險者公會照顧。這下就解決了。

然而賈爾斯也說過，走私組織並沒有那麼團結一致。

要是行動過於大張旗鼓，不但會被走私組織察覺，而且根據至今為止的交手經驗，顯然賈爾斯不會出手幫忙。

所以還是別讓走私組織知道我們的存在會比較好，這也是為了自身著想。

那麼……把孩子們交給衛兵，立刻動身離開這裡又如何？

不，孩子們接受調查後，瑞傑路德和我的事情就會曝光。

也會被走私組織得知。

而且據說雨季快要到了，就算離開城鎮也無處可去。

更何況在那之前，我們還有可能會被誤認成綁架犯。

唔～

老實說，這次說不定有點太欠缺考慮。雖然我有評估過應該能順利救出對象，對事後的處理卻想得太簡單了……

乾脆把這次襲擊推到哪個人身上好了。

嗯，這招或許不錯。

如果在牆壁上寫下「魔界大帝奇希莉卡大駕光臨」，搞不好走私組織真的會相信。

畢竟奇希莉卡也說過遇上困擾可以拜託她。

「哎呀。」

已經到了。

結果，我還是沒有得出結論。

★ ★ ★

我前往先前看到魔法陣的房間。

進去之後，那動物以充滿懷疑的眼神迎接我。沒有搖動尾巴，也沒有發出吼叫聲。只是無精打采地癱在地上。

「的確是狗……」

被鐵鍊拴在魔法陣裡的動物是一隻小狗。明明一看就知道是小狗，但體型卻特別龐大。長度大約有兩公尺吧，為什麼這世界的狗貓都這麼大塊頭？

看到第一眼時，我還以為牠長著白毛，看樣子實際上是銀色。而且或許是因為受到光線影響，感覺好像在閃爍著光芒。總之是一隻 Large size 的豆柴，有一臉優雅聰明的長相。

「我立刻救你出來……好痛！」

我打算進入魔法陣，結果卻被彈開。

並不是那種「啪」一聲被電到的感覺。

該怎麼說？就像是痛覺神經直接受到刺激。看來這個魔法陣形成了結界，而所謂的結界，其實是一種治癒魔術。

但是我對原理一竅不通。

「嗯……」

總之，我在魔法陣旁邊繞了一圈並進行觀察。

這個魔法陣發出藍白色光芒，隱約照亮房間。既然會發光，就代表有魔力傳輸過來吧？只要切斷魔力的供給來源，魔法陣就會消失。

洛琪希有教過我這些知識。

典型魔術陷阱的解除方法。講到魔力供給的來源，通常是魔力結晶。不過在房裡沒看到類似的東西……不，我想一定只是我沒找到而已。

實際上是藏在某處。

大概是地下吧。

要用土魔術把魔力結晶從地下拔出來嗎？可是像這種魔法陣，如果採用強行破壞的手段，不知道會引發什麼狀況。必須想辦法俐落徹底地拔出才行……

嗯？等一下，先等一下。

不要把事情想得那麼複雜。

基本上，那些傢伙打算怎麼把這隻狗從魔法陣裡弄出來？

根據那些屍體，沒看到像是魔術師的人。那麼，應該有初學者也能輕鬆解除的方法。

來推論那個方法吧。

首先，關於魔力結晶的位置。我原本認為是地下，但是如果埋在地下，那些傢伙無法取出。讓他們能夠取出……而且又可以供給魔力的地點……

「嗯，不是下面的話就是上面吧？」

我前往建築物二樓。

在魔法陣正上方的房間裡發現了小型的魔法陣，裡面還放著一個以木頭製成，外型類似提燈的物品。在提燈的正中央，有看起來應該是魔力結晶的東西。

很好。

能一開始就找到，運氣真好。

我慎重地拿起提燈，於是地板上的魔法陣立刻消失。

回到一樓確認，圍住狗的魔法陣也消失了。

果然這裡的魔法陣受到樓上影響。

很好很好。

「嗚……！」

才剛靠近，那隻狗就朝著我露出威嚇的眼神，嘴裡還發出低吼。

反正動物從來沒親近過我，已經習慣了。

我仔細觀察小狗的樣子，發現牠雖然使勁低吼，但身體似乎還是使不上力。

看起來精疲力竭。

是因為餓了嗎？

不，那個鐵鍊很可疑，上面還刻著顯然有什麼含意的圖案。

總之，幫牠把鐵鍊解開吧。

不，這樣做會不會有危險？如果是鐵鍊在抑制住這隻狗的力量，搞不好牠會在被解放的那瞬間就攻擊我。雖說就算被咬個幾下還是可以用治療術處理啦……

「要我怎麼做，你才願意不咬我？」

我沒來由地這樣問道。

結果，或許是聽得懂我說什麼，小狗歪歪頭發出「唔～？」的聲音。

嗯。

「如果你不咬我，我就幫忙拆下項圈，還會送你回主人身邊。如何？」

用獸神語這麼一說，小狗就停止低吼，老老實實地趴在地上。

看樣子牠真的聽得懂人話。

異世界真是方便，居然跟狗都可以溝通。

總之，我試著用魔術切斷鐵鍊，鐵鍊一下子斷了。

於是，那隻狗迅速恢復精神。看牠立刻站起來一副想往外衝的模樣，我趕快開口阻止。

「等一下等一下，項圈還沒拿下來。」

小狗看了我一眼，又乖乖趴下。

我努力想要拆下項圈。

但是卻找不到鑰匙孔，沒有鑰匙孔就無法開鎖。

真奇怪，那些傢伙是打算怎麼解開？該不會根本不打算拿下來吧？

陷入苦戰。

最後總算發現接縫，看樣子這玩意兒似乎是卡上就不會鬆開的類型。

「我現在就幫你拆掉，別動喔。」

我慎重地使用土魔術讓接縫處出現土，把接縫撐大。

「啪」地一聲，項圈開了。

「好。」

小狗用力甩動腦袋。

「汪！」

「嗚喔！」

接著，牠突然把前腳搭到我的肩膀上，利用體重把我推倒。

我很沒出息地倒下後，牠開始舔起我的臉。

「汪！」

哎呀，不行啦小狗狗，人家有老婆跟老公……！

我試著推開這一大團銀色的毛，但是相當沉重，而且還很柔軟蓬鬆。

沒錯，柔軟又蓬鬆。

這樣是很好，但問題是好重。感覺被壓住的胸部骨頭都發出嘎吱響聲了，想推開牠似乎很難。

我只好死心接受被舔的現實，決定在牠滿意之前，繼續享受狗毛的觸感。

嗯，真的又鬆又軟。換個年輕時尚點的用詞，就是輕飄飄毛茸茸。

好軟啊……我說你有用柔軟精吧？

咦～才沒有用呢！

★ ★ ★

「你這傢伙！在對聖獸大人做什麼！」

「咦？」

正忙著享受狗毛觸感時，突然有人對我大吼。是走私販子還有人活著嗎？依然躺著的我往上看。

巧克力色的皮膚，動物般的耳朵，類似老虎的尾巴。

是基列奴……？

不，不是。雖然非常像，但不一樣。肌肉和毛髮茂密等特色相同，不過依舊有點不同。

差異在於最有分量的那個部位。

就是胸部，對方沒有胸部。在基列奴有著傲人雙峰的位置，現在看到的卻是發達胸肌。

這傢伙是男性。

他把手放到嘴邊。

是大喊「嗚啦啦～」的姿勢。（註：《金肉人》角色「傑羅尼莫」的喊聲與動作）

啊，不妙，他似乎要對我做什麼。得快逃才行，但是我動不了。

「小狗你快讓開，我沒辦法逃離那傢伙！」

狗退開了。

我慌忙爬起，同時啟動預知眼，看見影像。

〔男子把手放在嘴邊。〕

正在想難道他什麼也沒做嗎？男子卻在這瞬間發出咆哮聲。

「嗚喔喔喔喔喔喔喔喔！」

壓倒性的音量，似乎比艾莉絲尖叫時還大上數倍。

而且還讓人感覺到這聲音彷彿帶有實際質量。

我的鼓膜振動，腦部受到衝擊。

等我回神時，自己已經倒在地上。

無法站起。真不妙，得使用治療術……

手也沒辦法動彈，這是怎樣？是某種魔術嗎？

慘了。

慘了慘了這下死定了。

無法使用魔術嗎？我試著集中魔力……不行。

男子抓住我胸口，把我整個人提起。看清楚我的臉孔後，他皺起眉頭。

「哼……還是個小孩嗎？要殺掉會讓人感到於心不忍呢。」

啊，好像保住一條命？我鬆了口氣，幸好外表是個小孩子。

「裘耶斯，怎麼了？」

這時出現另一名男性。

果然也和基列奴很像，不過長著一頭白髮，是個老人。

「父親大人，我讓走私販子之一失去抵抗能力。」

「……走私販子？不是個小孩嗎？」

「可是，他剛剛襲擊了聖獸大人。」

「哦？」

「這傢伙一邊摸著聖獸大人，一邊露出下流的笑容。說不定他的實際年齡和外表並不一致。」

不……不是啦，我才十一歲，絕不是實感年齡四十五歲的大叔！

「汪！」

小狗叫了一聲，那個叫裘耶斯的男子在牠面前屈膝跪下。

「真是非常抱歉，聖獸大人。本該盡快趕來，卻晚了一步才將您救出。」

「汪！」

「沒想到聖獸大人尊貴的身體卻被這種傢伙給……嗚……」

「汪！」

「咦？您不介意？真是寬宏大量……」

他們真的可以溝通嗎？

在我聽起來小狗只是在汪汪叫。

「裘耶斯，樓下的房間裡有托娜他們的氣味，之前應該是在這裡沒錯。」

老人這樣說道。托娜是誰呢？

根據發言推論，大概是獸族的小孩吧。

「可以先把這小子帶回村裡，盤問他到底把人帶到哪裡去了。然後等他招供，再去尋找一次……」

「沒時間了，明天最後一班船就會出港。」

裘耶斯狠狠咬牙。

「只能放棄，必須抱著能救出聖獸大人已是意外幸運的想法。」

「那麼這傢伙該怎麼處理？」

「……帶回村子。就算是個小孩，如果真是那些傢伙的一分子，就要讓他承受應得的報應。」

裘耶斯點點頭，從腰間拿出一條繩索，把我的雙手反綁。

接著把我扛到他的肩上。那隻狗跟了過來，似乎很擔心地抬頭看我。

不要緊，別擔心。

這些傢伙似乎不是走私販子，而是來救那些獸族小孩的人。

所以，把話講開就沒事了。現在只要先等我恢復到能說話的狀態。

「唔……」

剛走出建築物，老人就動了動鼻子。

「有氣味。」

「有氣味嗎？因為血腥味太濃，我實在……」

「味道很淡，是托娜他們的氣味沒錯。而且還有另外一人……『那個』魔族的氣味。」

聽到「那個魔族」，讓裘耶斯繃起表情。

「您意思是那個魔族把原本在這裡的托娜等人抓走了？」

「這個嘛……說不定是救走了。」

「怎麼可能會是那樣……」

看樣子他們聞出了瑞傑路德的氣味。

「裘耶斯，我要跟著氣味追上去，你帶著那小子和聖獸大人先回村子裡一趟。」

「不，我也要一起去。」

「你太衝動了。就像那小子，說不定根本不是走私販子。」

不愧是年長者，說的話果然不一樣。

沒錯，我並不是走私販子。請讓我好好解釋。

「就算真是那樣，他還是用髒手去碰了聖獸大人。這個少年身上散發出人族發情時的氣味。居然對聖獸大人產生性衝動，實在難以置信。」

嗚啊！

不是，我才沒有對狗發情！

我是因為可憐少女們的裸體……不對！這理由也不妙！

「那麼，就把他關進牢裡。但是在我回去之前都不准動手。」

「是！」

老人點點頭，邁步衝進昏暗的森林。

裘耶斯目送他離開，然後對我說道：

「哼！你撿回一條命。」

真的是。

「那麼聖獸大人，我們必須稍微趕點路。雖然您可能已經很累了……」

「汪！」

「您說的是！」

於是，我被裘耶斯扛著，往森林深處移動。

★瑞傑路德觀點★

雖然已經來到城鎮附近，魯迪烏斯卻還沒回來。

他該不會是迷路了吧？

不，如果是迷路，魯迪烏斯大概會朝著天空放出魔術。那麼，是碰上什麼麻煩事嗎？

那房子裡的人已經被我全部排除。然而，搞不好是意外碰上從其他地方移動過來的增援，或許我該立刻趕回去確認一下。

不，魯迪烏斯不是小孩。就算出現敵人，他想必也能找出辦法對應。

或許因為還年輕所以有時候會疏於自身防備，然而他應該不是那種天真到會在敵人地盤裡放鬆戒心的傢伙。

而且目前艾莉絲也不在他身邊。

只要魯迪烏斯認真使出魔術，不會輸給任何人。問題是他對殺人行為抱著抗拒感，所以很有可能是因為手下留情時沒有控制好，結果反而被對方打倒。不，他不至於那麼愚蠢吧。

魯迪烏斯不需要擔心，但……

傷腦筋。
總覺得就算直接帶著孩子們回到城鎮裡也不會有什麼好事。
我曾經多次碰上類似的狀況。從奴隸商人手中救出小孩，帶往城鎮，結果卻被誤認為是綁架犯。
現在把頭髮剃光，額頭上的眼睛也已經藏起。然而，我不擅長言詞。萬一被衛兵攔下，我不認為自己能把事情解釋清楚。
要是像以前那樣進城後把孩子們拋下，是不是裡面的人就會幫忙處理呢？不，那樣一來，不知道會被魯迪烏斯說什麼……
「喵～大哥哥，剛剛真是對不起～」
我正在煩惱，一名少女過來拍著我的大腿這樣說道。
其他孩子們看起來也滿心歉疚。光是看到這種態度，就感覺自己彷彿獲得救贖。
「沒關係。」
話說回來，好久沒使用獸神語。上次是在……嗯，什麼時候用過？在拉普拉斯戰役那時學會後，一直沒什麼機會使用……
「因為聖獸大人是一族的象徵喵，所以不能把牠丟在那種地方喵。」
「這樣啊。雖然我不知道這件事，但還是很抱歉。」
我這句回答讓少女開心地笑了。

看到小孩子對自己並不畏懼，果然是件感覺很好的事情。

「唔……」

這時，我的「眼睛」捕捉到有什麼人正在急速接近。

對方的速度相當快，氣勢也相當強，還來自建築物那方向。

是那些傢伙的同黨嗎？

對方頗有實力，難道魯迪烏斯被打倒了……？

「你們退下。」

我讓孩子們往後退，舉起短槍站在最前面。

原本打算先發制人，一擊解決對方……那傢伙卻在進入攻擊範圍前就已停下腳步。

是個獸族男性，拿著一把刀身厚實，類似柴刀的劍。

看到我的他展現出警戒心，靜靜備戰。儘管年事已高，依舊可以感覺到冷靜沉著的氣勢。是個戰士。

然而，如果他也是先前那些傢伙的同黨，那我還是要殺了他。居然讓同族小孩受這種苦，根本不配當個戰士。

「啊，是爺爺喵！」

貓耳少女大喊並衝向老戰士。

「托娜！妳沒事嗎？」

老戰士抱住跳向自己的少女，露出放心表情。
目睹這一幕，我放下武器。
看樣子這戰士是想來救助被抓走的孩子們。我剛剛居然懷疑他沒有當戰士的資格，實在抱歉。他是位心志高潔的人。
犬耳少女似乎也認識對方，同樣衝了過去。
「提露塞娜也沒事嗎，太好了……」
「是那個人救了我們！」
老戰士收起劍，來到我面前低下頭。
不過好像還抱著戒心，這也難怪。
「聽說你救了我孫女。」
「嗯。」
「你的大名是？」
「瑞傑路德……」
原本想講出斯佩路迪亞，但又感到遲疑。
一旦知道我是斯佩路德族，會讓對方提高警戒。
「瑞傑路德嗎？我叫裘斯塔夫．泰德路迪亞。這份恩情必當回報，不過首先必須把孩子們送回父母身邊。」

「的確。」

「只是讓孩子們在夜裡移動恐怕會有危險，而且我想先問清楚詳情。」

老戰士這樣說完，立刻想往城鎮方向移動。

「等等。」

「怎麼了？」

「你有進入房子內部嗎？」

「嗯，到處都是血腥味，讓人很不舒服。」

「有碰到其他人嗎？」

「還剩下一個人。是個外表看起來像小孩的男子，聽說他帶著下流笑容在聖獸大人身上亂摸。」

直覺告訴我肯定是魯迪烏斯，因為那傢伙偶爾會露出那種笑容。

「那是我的同伴。」

「什麼！」

「你該不會殺了他吧？」

就算只是誤會，萬一魯迪烏斯被殺，我還是要報仇。

只是在報仇前要先把孩子們送回家。

還有艾莉絲也是。

沒錯，她現在只有自己一個人獨處，真讓人擔心。

「只是為了要他招出其他同夥的下落所以抓了起來，我立刻叫人放了他。」

魯迪烏斯那傢伙，太大意了嗎？

他總是疏於自身防備，雖然只有心態是一流……

算了，連心態都是三流的我沒資格說他。

「魯迪烏斯是戰士。如果你們無意取他性命，那麼倒是不急。先處理孩子們的事情吧。」

獸族不會做出人族那樣的拷問行為，頂多只會把他扒光丟進牢裡。

而且魯迪烏斯並不介意自身的裸體被他人看到，甚至前幾天才對我說過艾莉絲若想偷看他洗澡可以不必阻止的莫名其妙發言。那麼，他應該可以忍受那種待遇。

而且，我還要顧及艾莉絲。

魯迪烏斯經常拜託我護著艾莉絲。比起自己，他更介意艾莉絲的安危。既然如此，我也該確實保護好艾莉絲。

「我因為某些理由不能表明身分，希望由你主導去找出孩子們的父母。」

「唔……好吧。」

裘斯塔夫點頭答應，於是我們一行人往城鎮前進。

第七話「免費公寓」

各位午安，我是曾賴在家裡當尼特族的魯迪烏斯。

今天，我來到最近成了發燒話題的免費公寓。

這是一間套房，不需要押金與手續費，也不用付房租，一天提供兩餐還可午睡。

建材使用會讓人感到溫暖的木材，大概是類似日本山毛櫸的某種樹。雖然缺點是採光不足，還有床鋪（稻草製）會生蟲，不過這個價錢真的很便宜。

畢竟房租是零嘛。

廁所是最新的便盆式。在房間角落的便盆排解大小需求，要是排泄物滿了，必須自行拿去房間角落的洞穴倒掉。因為沒有水管，在衛生方面有點缺失，不過只要會使用魔術就不成問題。尤其是像我這種能夠製造出熱水的魔術師，可以說衛生方面的問題也獲得解決。

餐飲方面是一日兩餐。

對於現代人來說或許會感到有點不夠，然而這裡的餐飲相當有水準。使用綠意盎然的土地特有的蔬菜、水果，以及肉類。這種只略為調味，充分發揮素材原有風味的料理想必能讓所有習慣魔大陸生活的人都嘖嘖讚嘆吧。

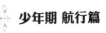

接下來要介紹這公寓的最大賣點。

不用說，正是讓人安心的保全構造。

請看看這堅固的鐵欄杆。

無論是用力敲打還是使勁拉扯，依舊紋絲不動。儘管使用魔術開鎖就能打開是個缺點，但是看到如此可靠的鐵欄杆後，應該不會有小偷還想進來吧。

不過，罪犯卻會進來。

因為這裡是監獄啊！

★ ★ ★

離開建築物後，我在昏暗的森林裡被扛著移動。

在裘耶斯肩上的我無法動彈，只能任憑他帶著自己前進。森林裡沒什麼光線，視線範圍內的樹木以驚人速度不斷後退，還能以眼角餘光看到有一團銀色毛球跟在後面。

明明還是一隻小狗，看樣子體力相當好。

大概移動了兩三個小時吧，總之叫作裘耶斯的獸族戰士跑了相當長一段時間。然後到達某個地方，停下腳步。

「聖獸大人請先回家。」

「汪！」

銀色毛球汪了一聲回應後，踩著碎步離去，消失在黑暗中。

我轉動眼睛探查周遭狀況。

在長著茂盛樹木的這裡感覺不太到人的動靜，不過可以發現樹上隱約有亮光。袞耶斯又走了一段路，靠近其中一棵樹。接著抓住不知道哪來的梯子，繼續扛著我很輕快地往上爬。

好像是要把我帶到樹上。

最後進入室內。裡面沒有其他人，是一間空空蕩蕩的木造小屋。

袞耶斯在小屋裡把我全身扒光。難道他是要對無法動彈的我……腦中瞬間閃過這種想法，然而袞耶斯只是抓住後頸把我整個人拎起，然後隨手丟向某個地方。

過了一會，先聽到金屬摩擦的尖銳聲響，然後「喀鏘」一聲，像是有什麼東西往下落。

就這樣，袞耶斯離開了。

沒有任何說明，也沒有特別盤查審問。

一段時間之後身體總算可以行動，我在指尖點起火確認環境。看到堅固的鐵欄杆讓我明白此處是堅牢。

也就是自己被關進了大牢裡。

這還無所謂。根據先前的對話，我知道他們誤以為我也是走私販子。

所以不需要慌張，應該很快就能解開誤會。

但是，為什麼衣服會被脫光呢？話說起來，被關在那房子裡的小孩們也是全裸。

這是一種特殊文化嗎？

例如獸族被脫光會感到受辱之類的……不，不只獸族會因為赤身裸體而感到難為情吧。自古以來，就有藉著脫光俘虜衣物打擊其精神的說法。

這裡雖然是奇幻世界，但我愛看的書籍裡也出現過把俘虜女騎士脫光的劇情。

這是無論在哪個世界都可共通的道理。

「……好啦。」

我在黑暗中開始思考。

總之，明天讓他們聽我解釋吧。而且就算我的說詞沒能獲得認同，其實也不要緊。因為離開走私販子那邊後，老戰士好像去追瑞傑路德了。

那樣一來，想必會和孩子們碰頭。瑞傑路德雖然容易被人誤會，但老戰士既然是去救小孩，我想不至於演變成敵對狀況。

只要孩子們平安獲救，自然能解開以為我是走私販子的誤會。至於我們不是走私販子卻協助其中成員的複雜立場，在這種狀況下當然不必特地講明。瑞傑路德想必也不認為自己成了那些傢伙的同黨，應該不會說出什麼扯後腿的發言。

我暫時沒有生命危險。

老戰士也說過，在他回來之前不可以對我出手。

所以安全無虞，大概也不會碰上什麼慘遭觸手虐待之類的事情……吧？

不過，這下我能夠稍微理解賈爾斯之前發言的意思了。既然會演變成這種狀況，的確會留下禍根。

★★★

在我忙著評估分析的期間，一整天過去了。時間過得真快。

被丟進牢裡的隔天早上，來了個負責看守我的人。

對方是女性。外表看起來是個戰士，不過身材比基列奴苗條。

只是胸部很大。

我大聲喊冤並表示自己什麼都沒做，也說明我和走私組織真的沒有關係，只是偶然得知孩子們被關在那棟房子裡，才會義憤填膺地去拯救他們。

然而，女看守根本完全不聽我解釋。

她提來滿滿一桶水，朝著大吵大鬧的我潑來。

是冷水。接著她露出像是在看垃圾的眼神，不屑地瞪著成了落湯雞的我。

「你這變態……！」

我身子猛然一震。

不但把我脫到一絲不掛，還讓這麼漂亮的獸耳大姊姊來把我看光，甚至澆我一頭冷水，再附帶言語攻擊。

這真的會讓人精神受創意志消沈。

這些傢伙並不打算遵守老戰士的吩咐。

我到底會落到什麼下場……

嗚！神（洛琪希）啊，請保佑我……不，你這傢伙（人神）可以閃一邊去。

「哈啾！」

先不開玩笑，我真的想要有什麼能穿在身上的東西。

這型態過於自由，感覺會讓自己把身為人該有的常識給忘光。

總之，我先使出火魔術「Burning Place」提升體溫，避免感冒。

第二天。

瑞傑路德沒有來救我。

整整兩天的全裸狀態讓我心中的不安情緒開始高漲。

是不是瑞傑路德出了什麼事？他該不會和那個老戰士起了衝突吧？還是跟賈爾斯的交易帶來了不良影響？

難道是艾莉絲發生什麼狀況，所以他忙著處理？

我感到很不安，實在非常擔心。

因此，我決定試著逃獄。

這天剛過正午，吃完飯後，我靜靜地使出魔術。這是一種混合了風和火的暖風魔術，會讓整個房間都變得暖洋洋的。於是波霸看守小姐慢慢打起盹，最後進入夢鄉。

真簡單。

我打開鐵欄杆上的鎖，確認沒有其他人並溜出這間小屋。

「喔喔……」

眼前出現一片充滿幻想氛圍的景色。

這裡是位於林間的村莊。所有建築物都蓋在樹上，還搭建了可立足的鷹架。樹木與樹木之間以類似橋的東西互相連接，即使不經過地面也能在村中移動。

地上反而沒什麼特別的東西。雖然可以看到簡陋的小屋和類似田地的痕跡，但似乎沒有在使用。也許這裡的人並沒有在地上生活吧。

村民並不是很多，只有零星幾個看起來像是獸族的人走在樹木間的鷹架上。所以經過樹上的橋時會被下方看得一清二楚，取道地面時則是可以從上方看得一清二楚。

至於我本身，從各種意義上來說都被看得一清二楚。

想在不被發現的情況下逃走應該很困難吧。不過基本上，就算被發現也還是逃得出去。例如不顧前後的做法就是找一棵適合的樹縱火，然後再趁亂衝進森林裡就行。

然而森林本身正是一個問題，我不知道正確的路線。

裘耶斯之前移動時速度相當快，時間也相當長。所以這裡到城鎮應該有一大段距離。

就算我全力奔跑，以直線距離來說大概也要六小時吧。想也知道絕對會迷路。

還有個手段是可以利用魔術製造出土堆成的高塔，從高處確認位置。

然而要是我做出那麼顯眼的行動，裘耶斯一定會立刻追上來。

我不知道他先前使用的魔術到底是什麼。要是沒有擬好對策就交戰，說不定會再次敗北。之後，搞不好他會為了防止我再度逃跑而砍傷我的腳或是做什麼其他行為。也許在稍微靜待狀況變化是比較明智的做法。

畢竟才兩天。

老戰士也還沒回來，有可能和瑞傑路德一起去找孩子們的雙親了。

沒有必要那麼焦急。我如此判斷後，自行回到牢裡。

第三天。

看守小姐送來的飯菜很好吃。

果然自然資源豐富的地方就是不一樣，跟魔大陸真是天差地別。

基本上是野草煮成的湯，還有似乎是用某種碎肉做成的煎肉餅，總之都很美味可口。

是因為我已經習慣魔大陸的飲食嗎？總覺得既然給牢裡犯人的食物都有這種水準，那麼這裡的居民們肯定都吃著一些美饌佳餚。

開口稱讚食物後，看守小姐搖著尾巴又送來一份。根據這種反應，說不定給我吃的東西是這個人做的。只是她依舊不肯開口。

第四天。

好閒，沒事幹。

儘管可以用魔術自己找點事情做，問題是如果做得太顯眼，感覺會被封住嘴戴上手銬。其實那樣也無所謂啦，但的確不該主動去做那種會讓自己失去自由的行徑。

第五天。

我多了個室友。

那傢伙被獸族的強壯男性從背後架住雙肩，然後被踹了一腳，連滾帶爬地摔進牢房。

「混帳東西！給我放客氣一點啊！」

獸族無視鬼吼鬼叫的男子，往外走去。

男子一邊叫痛一邊摸著撞到的屁股，然後緩緩轉身。

我以佛陀涅槃時的姿勢迎接他。

「歡迎來到人生的終點。」

當然身上一絲不掛。

男子以發愣的表情看著我。

這傢伙看起來像個冒險者。全身上下穿著近似黑色的服裝，只有各處關節部分裝著皮製的護具。當然，身上沒有武器。留著長長鬢角，跟魯○一樣有副猴子臉。不過基本上，猴子臉這形容並不是一種比喻，因為這傢伙是魔族。

「怎麼了，新人？有什麼好奇怪？」

「啊……不……該怎麼說？」

男子有點驚慌失措。

別這樣盯著我瞧啊，讓人很難為情耶。

「……你明明啥都沒穿，為什麼還可以擺出一副了不起的樣子？」

「我說新人，注意你的口氣。我來這裡的時間比你久，換句話說就是牢裡的老大，也是前輩，你必須尊敬我！」

「啊……好。」

「回答時應該說『是』吧？」

「是！」

為什麼我對第一次見面的人如此不客氣呢？當然是因為太閒。

「很遺憾，這裡沒有座墊。你在那邊隨便坐下吧。」

「是……」

「那麼，新人。你為什麼會被關進牢裡？」

我毫不客氣地發問。原本以為年紀比他小的我講話如此囂張會讓這新來的傢伙動怒，結果對方只是一臉詫異地回答提問。

「唉，耍老千被抓。」

「哦？賭博嗎？是猜拳還是走鋼骨？」

「那是啥？是擲骰子啦。」

「擲骰子嗎？」

一定是用了只會出現四、五、六的骰子。（註：猜拳、走鋼骨還有出千的骰子都是《賭博默示錄》裡出現過的東西）

「是因為一點小罪被抓呢。」

「那你又是做了什麼？」

「看我這樣子就知道了吧？是公然猥褻罪。」

「那是啥啊？」

「我只是沒穿衣服抱住銀色的小狗，就被關進這裡。」

「啊，我有聽過傳言，說德路迪亞族的聖獸遭到性獸襲擊。」

形容得挺貼切嘛。

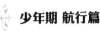

不過，我是冤枉的。只是跟這傢伙講再多也是白搭。

「看到可愛動物就會獸性大發……新人，是男人的話應該懂吧？」

「不懂。」

男子看我的眼神變了，像是在看某種不知來歷的可疑生物。不，沒變，他打從一開始就是這種眼神。

「好了，新人，你叫什麼？」

「我叫基斯。」

「是軍人嗎？幾梯的？」（註：基斯是「魯邦三世」動畫版第三季出現過的角色）

「軍人？不，我基本上是冒險者。而且做相當久了。」

基斯……

嗯？我總覺得在哪裡聽過這名字。到底是哪裡？想不起來。

很多名字也差不多是這個發音這個組合，所以他和我知道的基斯應該無關吧。

「我叫魯迪烏斯，雖然年紀比你小，但在這裡是前輩。」

「是是是。」

基斯聳聳肩然後一翻身原地躺下，又突然抬起頭。

「嗯？魯迪烏斯？這名字有點耳熟。」

「是個菜市場名吧。」

「哼，的確是！」

兩尊涅槃佛像面對面。

不過，有一邊是全裸。

這樣不是很奇怪嗎？為什麼這牢房裡最了不起的本大爺全身光溜溜，新人卻穿著衣服？

太奇怪了，絕對很奇怪。

「喂，新人。」

「什麼事，前輩。」

「你的背心看起來挺暖的，給我。」

「啥……？」

基斯露出明顯的抗拒表情。

「拿去。」

不過最後還是脫下毛皮背心丟給我，說不定他挺會照顧別人，真意外。

「啊，非常感謝。」

「原來你會道謝。」

「當然，我已經好幾天都保持這種自由風格，所以現在有種自己總算復活成正常人的感覺。」

「拜託你講話別突然這麼客氣，前輩。」

如此這般，我的樣子就成了江戶時代的流鼻涕小孩。

看守小姐雖然露出不太愉快的表情，但是並沒有特別說什麼。

「從這件背心上可以感覺到新人的體溫……」

「喂，你該不會連男的也行吧？」

「怎麼可能。女性的話，下至十二歲上至四十歲都在範圍內，不過男人必須長得像個女孩子，否則無法接受。」

「只要臉長得像女人就行嗎……」

基斯露出難以置信的表情。不過，如果喜歡的女性其實是拔出王者之劍(Excalibur)的亞瑟王，我想連這傢伙也一定會變成梅林啦。

我是指在性方面。

「話說回來新人，我有點事情想問你。」

「什麼事？」

「這裡是哪裡？」

「大森林，德路迪亞族村莊的牢房。」

「我是誰？」

「魯迪烏斯，對狗出手的全裸變態。」

人家現在明明已經不是全裸了。

啊，還有，冤枉啊，我不是變態。

「那麼，為什麼身為魔族的你卻在德路迪亞族的村子裡努力賭博？」

「啊？因為有個舊識是德路迪亞族，我想可能在這所以來探望一下。」

「在嗎？」

「不在。」

「認識的人不在你還去賭博？甚至出老千？」

「我本來以為不會被抓包啊……」

這傢伙真是沒救了……不過，說不定能派上點用場。

「我說新人，你除了耍老千之外還會做什麼？」

「我啥都會。」

「哦？例如，你可以赤手空拳幹掉一隻龍？」

「不，那方面不行。我不擅長打架。」

「那麼，可以同時應付一百個女人？」

「我覺得一個人就夠了，頂多兩個。」

最後我壓低聲音，用看守小姐聽不到的音量輕聲說道：

「要不然……逃出這裡後你有辦法回到城鎮嗎？」

我問完這句話，基斯撐起身子先看了看守一眼，接著搔搔腦袋。

然後才把臉湊過來悄悄回應。

「你想逃走？」

「因為同伴沒來救我。」

「噢……該怎麼說？真遺憾啊。」

喂，別這樣！

如果用這種講法，聽起來很像是我遭到同伴拋棄。瑞傑路德才不會拋棄我呢！我想他一定是正在為了幫被綁孩子們找到雙親而忙著東奔西跑，要不然就是因為發生什麼問題所以感到困擾。

正在等我回去幫忙。

「你一個人逃吧，跟我無關。」

「我不知道該怎麼走才能回到離這裡最近的城鎮。」

「那你是怎麼來到這裡的？」

「我救了被走私販子抓住的小孩。」

「然後？」

「又順便幫一隻被綁住的小狗拆下項圈，結果卻突然出現一個獸族男子對我大吼，於是我就無法動彈被抓來這裡。」

基斯露出聽不懂來龍去脈的表情搔了搔頭。

嗯，我剛剛的說明或許不夠詳細。

「啊……噢……我懂了，你是被冤枉的？」

「沒錯，是冤枉的。」

「原來如此，難怪你想逃走。」

「正是如此，所以想請你務必提供協助。」

「我才不要，如果你想逃就一個人逃吧。」

就算他叫我一個人逃，我也不知道路啊。

想去幫助瑞傑路德，結果卻在森林裡迷路，這笑話一點都不好笑。

「好啦，既然你只是被冤枉，那應該不必擔心吧？他們會查清真相。」

「如果真是那樣就好。」

我認為那個叫裘耶斯的傢伙是不聽別人解釋的類型。

然而，事實上我的確救了孩子們。所以只要孩子們回來，我的冤情自然也會獲得昭雪。

「好吧，再等一陣子看看。」

「最好這樣最好這樣，反正就算逃走也不會有什麼好下場。」

基斯說完，一翻身又躺了下去。

既然這傢伙如此建議，我就再等幾天吧。

幸好這邊的情況還不算緊迫。萬一真的被逼急了，也只要把這一帶變成火海，就能作為徹底甩開追兵的手段。雖說對不起德路迪亞族，不過畢竟是他們先把我關進冤獄，只能算是互不相欠。

總之，瑞傑路德真的很慢……雖然我相信他只是在幫孩子們尋找親人時多費了點工夫。

第六天。

這間公寓住起來真的很舒服。

不但有供餐，也有完善空調（只是要使用人力），原本覺得有點無事可做，現在又有了聊天對象。

之前床上有一堆蟲，現在已經利用暖風魔術徹底消滅。只有廁所方面還是得利用那玩意兒，不過只要想到獸耳大姊姊會來處理我的排泄物，其實也是件讓人興奮的事情。

不過，還是會感到不安。

無法獲得任何情報讓我滿心憂慮。

我被抓已經將近一星期，瑞傑路德卻到現在還沒出現，再怎麼說都太慢了吧？

所以，推測這是因為出了什麼意外也是正常的反應。某種連瑞傑路德都無法解決的意外，就算我回去也不知道能否幫上忙。

說不定已經慢了一步，但是我還是不能不去。

明天。

不，後天吧。等到後天。

後天我就要把這村莊燒成一片焦土……那樣做好像有點太過分，還是抓住看守小姐當人質，逃出這裡吧。

第七天。

今天是牢房生活的最後一天。

我在內心深處擬定各式各樣的計畫，表面上卻懶懶散散地吃飯睡覺。不妙，生前的尼特族氣質又冒了出來，明天起一定要鼓起幹勁。

「對了，新人。」

我一如往常地以山賊風格躺下，同時對基斯提問。

「怎樣？」

「這村莊裡只有這間牢房嗎？」

「你為什麼要問這個？」

「噢，畢竟一般來說不會毫無理由地把兩個犯人都塞在同一間牢房裡吧？」

「這牢房平常沒在使用，因為一般的犯人會被送往贊特港。」

一般的犯人會被送往贊特港？

意思是只有被德路迪亞族認為是特殊罪犯的對象才會被關進這牢裡嗎？我是被當成走私販

子，而且還附帶了試圖侵犯聖獸大人的冤案。既然那隻狗叫作「聖獸」，我想對這村莊來說一定是特別的存在吧。所以我的確符合特殊罪犯的條件。

不過等一下。

「那，為什麼你會被關進這裡？你是因為耍老千被抓吧？」

「我哪知道？大概是因為這是發生在村內的小事吧？」

「是那樣嗎？」

「是那樣吧。」

我覺得好像哪裡不太對勁。

順便伸手搔搔腋下，然後再抓抓肚子。

接著連背後也刮個幾下。怎麼覺得好癢。

我帶著這種想法看向地面，發現一隻活蹦亂跳的跳蚤。

「嗚喔喔喔！這背心居然長蟲了！」

「嗯？噢，因為很久沒洗了。」

「要洗啊！」

我粗魯地脫下背心。

用力甩動之後，掉出一堆小蟲。我立刻用熱風殺死牠們，這些該死的東西……

「哦～我上次看到就覺得你這招很厲害，怎麼做到的？」

「我可以無詠唱使用魔術。」
「……哦？無詠唱，真了不起啊。」
一想到蟲子之前都聚集在自己身上，我就突然覺得全身發癢。
總之，先對被咬的地方一一施加治療術。
可是背後……因為背心是直接貼身穿著，所以好像被咬得很慘。
我的手搆不到背後啊啊啊啊。
「喂，新人。」
「怎樣？」
「來這邊幫我抓抓背後，癢到受不了。」
「是是是。」
我盤腿坐下，基斯移動到我後方。
開始幫我抓癢。
「嗯，那裡，就是那裡。很好，你有這方面的才幹。」
「我不是說過了嗎？我啥都會。甚至還可以幫你按摩一下肩膀。」
基斯邊說邊把我手放到我肩上。不妙，感覺這傢伙超熟練。
我不由得挺直背脊。
「喔喔，你技術真好。好舒服啊，對，接下來要更往下。呼～就是那裡……嗯？」

這時，我突然覺得不對。

是哪裡不對呢……總覺得和平常不一樣。

「……我說，新人。」

「啥？要更往下嗎？你該不會希望我幫你抓屁股吧？」

「不，你不覺得怪怪的嗎？」

「前輩你的腦子怪怪的？」

「這你就別管了。」

真是沒禮貌的傢伙。

「話說……看守小姐沒來耶。」

啊，對了。

如果是平常，現在應該是午飯時間。也就是享受美味食物，然後合起手掌說感謝招待的時間。不，因為沒有時鐘，的確也有可能是我弄錯。但是根據這種肚子餓的感覺，應該確實已經來到午飯時間。

「還有外面似乎有點吵。」

「是嗎？」

我豎起耳朵，的確會覺得遠方好像傳來吵雜聲。

可是，同時也覺得似乎是自己多心。

「再來是有點熱。」
「聽你一講，今天的確有點熱……」
「另外，你覺不覺得空氣裡有嗆人的煙？」
「……的確。」
基斯說的沒錯，周圍飄著淡淡的灰色煙霧。
這些煙似乎是從採光用的窗戶以及入口鑽進室內。
「喂，新人。肩膀借我一下。」
「真沒辦法，來吧。」
我騎到基斯肩上，從位置比較高的採光窗往外看。
森林正在燃燒。

第八話「十萬火急」

「失火了！」
我一邊大叫，一邊迅速從基斯的肩膀跳下。
「什麼！等一下是真的嗎！」

基斯撲向採光窗，看向外面。

「還真的失火了！怎……怎麼辦，前輩！」

這什麼狀況！我本來還打算在明天逃離這裡，但再這樣下去會被蒸熟。

「當然是要出去啊！然後再趁亂逃走！」

「可是要怎麼出去？牢門有上鎖啊！」

「別擔心，沒問題！」

我整個人貼到牢門上，利用之前就藏在懷裡的鑰匙試圖開鎖。

「喔喔喔？你什麼時候偷了鑰匙？」

「就是因為擔心會發生這種事，所以一開始想要逃走那時就已經稍微準備了一下！」

「原來如此！趁火打劫嗎！」

真沒禮貌，我可沒有打劫。只是稍微弄了個模子然後複製鑰匙而已。

不管怎麼樣，我把鑰匙塞進門鎖裡，轉動之後順利打開。

好，來挑戰越獄吧。

「開了，走吧！」

「好！」

一打開小屋大門，我的臉頰就受到熱風衝擊。

熊熊燃燒的火焰充滿侵略性地跳動著，展現出彷彿要把整座森林都燃燒殆盡的氣勢。

連樹上的那些建築物也要一併燒燬。

「……這也太慘了。」

聽到基斯的低語，我點點頭表示同意。

不知道是哪裡的哪個人在床上抽菸卻睡著，但森林中應該有規定嚴禁煙火才對。

總之，多虧出了這種事情我才有機會逃走，就別計較那麼多吧。

「好，新人，贊特港在哪個方向？」

「啥？我怎麼可能看得出來！」

我回頭看向猴子，同時大聲吼道：

「你為什麼看不出來！你不是說過知道路怎麼走嗎！」

「在這種被火焰包圍的狀態下，怎麼可能看得出來要往哪走！」

唔，他這麼說的確有道理。

要是在黑煙和鮮紅火焰裡還能判斷出正確方向，就不會出現用「如墮五里霧中」來形容迷失的講法。

只是，這下該怎麼辦？

要滅火嗎？

不，我打算利用這場火作為掩護逃離此地，一旦把火滅了，就會立刻被發現。

而且不只那樣，甚至有可能被誣賴為縱火犯。

那麼，先前往失火範圍外，然後再重頭尋找正確路線……這樣又如何呢？

……等一下，話講回來，不滅火的話真有可能逃得出去嗎？

「該怎麼辦！快要沒地方可去了！」

而且基本上，這場火災的規模有多大？

就算逃走，也有可能無法脫離被火包圍的區域。

「喂！前輩！你快看！」

基斯突然伸手一指。

他指出的方向有一個小孩，是個長著貓耳的年幼孩童。大概是不小心吸入黑煙，那孩子一邊咳嗽一邊揉著眼睛，踉踉蹌蹌地朝這邊移動。

這時，有一棵枝葉都已經被紅色烈焰籠罩的樹木正在緩緩倒下。

貓耳小孩雖然有注意到並抬頭往上看，卻因為事出突然而整個人愣住。

「危險！」

我反射性地大叫，用風魔術把樹木打飛出去。

不斷眨眼的小孩似乎注意到我們兩個的身影，因此靠了過來。

「救……救救我……」

我伸手抱住那孩子，同時利用水魔術清洗眼睛周圍，接著施展治癒魔術治療受了點輕微燒燙傷的身體。我也不知道這種情況下該怎麼處理最好，希望暫且這樣做就可以了。

話說回來，居然有這麼小的小孩尚未逃走。
「村民該不會還沒避難吧？」
「很有可能是那樣，畢竟雨季前夕的時期很少發生火災……嗚喔！」
又有樹木倒下。
樹上的小屋整個碎裂，火星四濺。
看起來不像是有在滅火。要是繼續待在這裡慢吞吞地浪費時間，連我本身都會有危險。
可是，又不能丟下小孩逃走。
「好……」
我決定了。
「新人，你知道村子的中心是哪裡嗎？」
「這我是知道啦……但是你想做什麼？」
「賣個人情！」
這樣回答之後，基斯咧嘴一笑抱起小孩，然後拔腿往前衝。
「好！是這邊，跟上來！」
我正打算跟上去……卻突然想到自己的衣服。
搞不好被藏在那間牢房的某處。
「……」

於是我迅速施展出水魔術，用冰塊把牢房整個包住，接著才追上基斯。

火勢還沒有延燒到村子中心。

然而，情況卻和我的預測有點出入。

獸族的人們正在四處逃竄。他們陷入了驚慌狀態，一邊東躲西逃一邊發出慘叫或吼聲。

到此為止都沒什麼問題。

問題是，不知為何有些看起來像是戰士的人族們正在追殺這些獸族居民。

遠方可以看到人族和貌似獸族戰士的傢伙正在交戰。視線角落還閃過有個強壯的人族男性把獸族小孩抱在腋下，試圖把孩童帶往別處。

這是怎樣？發生什麼事了？

「哼哼，我就在想情況好像不太對勁……」

「新人，你知道這是什麼狀況嗎？」

「就是你看到的狀況啊，那些傢伙跑來襲擊獸族。」

原來如此，聽他這麼一說，眼前看到的情景確實正是那樣。

「恐怕森林失火也是這些傢伙幹的好事吧。」

放火後襲擊。這行為簡直跟山賊沒兩樣，沒想到有這麼過分的傢伙。

不過呢，獸族的人也沒有好到哪裡去。他們用莫須有的罪名把我關進牢裡，強迫我過了一星期的不自由生活。

這就叫作自食惡果。

「不過……這會不會……做得太過分了？」

有被人族男性強行抓走的女性。

也有聽到小孩哭叫並喊著自己名字，想追上去抓住孩子卻被砍死的母親。儘管獸族的戰士們試圖阻止這些狀況，然而不知道是因為人族的數量比較多，還是因為眼睛鼻子已經因為濃煙受創，很遺憾他們都無法順利行動，反而被好幾個人族包圍，被迫陷入苦戰。

太殘酷了，真的很悽慘。

「……那麼，前輩。」

「幹嘛？」

「你要賣人情給哪一邊？」

聽到基斯的問題，我再度觀察起現場狀況。

又有一名獸族戰士被打倒。人族男子們闖入他身後的建築物，拽著小孩子的頭髮把人硬從房子裡拖出來。

一看就知道哪邊才是正義的一方。

然而，對我來說的邪惡又是哪邊呢？

雖然我不清楚那些人族是哪路人馬……算了，看他們強擄小孩的行徑，我想不是奴隸商

人，就是跟走私販子有關係的人吧。基本上，這些傢伙對我還算有恩，因為他們幫忙把瑞傑路德送來這裡。不過呢，我們有執行承接的工作，還把據點的人都殺光，所以算是彼此相抵，立場是雙方持平。

相較之下，獸族不但基於誤會把我關進牢裡，還完全不聽我的辯解，甚至扒光我全身衣服又潑冷水，最後再丟著不管。

從感情面上來看，我對獸族的印象很差。

然而……然而這個光景……實在讓人反胃。

「當然是獸族啊。」

「哈哈！就是要這樣才對！」

語畢，基斯撿起附近屍體的劍，擺出備戰架勢。

「好！前衛就交給我吧！雖然我對劍術是一竅不通，但起碼可以當人肉盾牌！」

「嗯，你要好好保護我。」

我如此回答，然後朝著天空舉高雙手。

首先來滅火吧，使用的魔術是上級水魔術「大雨（Squall）」。

我把魔力灌注在右手上，在空中製造出灰色的雨雲。

接著設定出偏大的威力和範圍。雖然我不確定被火災波及的區域有多大，但只要盡可能提高魔術的威力和範圍，應該能滅掉大部分的火。雨勢也要設定為強，來場傾盆大雨吧。

「豪雷積雨雲（Cumulonimbus）」讓我學會如何操控雲。首先要壓抑住魔力使其聚集凝結並轉化成雲，接著促使雲層膨脹變大卻不至於直接化為雨水落下。

沒有任何人注意到舉起雙手的我。

而且因為失火造成的黑煙，也沒有人注意到在空中出現的雲層。

「好。」

判斷雲層已經成長得夠巨大後，我解放魔力。

「嗚喔……」

跟瀑布沒兩樣的雨勢讓基斯忍不住抬頭望向天空。

傾盆大雨狠狠淋在現場所有人的身上，瞬間讓周圍開始淹水。可以看到遠方的火勢逐漸熄滅還冒出白煙。

人們紛紛抬頭望向天空，有幾個人覺得猝然下起的這場大雨來得奇怪，也因此注意到舉高雙手的我。

附近的人族拔出劍，往這個方向衝來。

「喂……喂喂，該怎麼辦，前輩？那些傢伙來了！」

「『泥沼』。」

我在他們腳邊製造出泥沼。

突然失去立足點的那些人失去平衡一一倒下。

「『岩砲彈(Stone Cannon)』。」

我立刻趁機擊出岩砲彈，打昏那些傢伙。真簡單。

他們不是什麼難對付的對手。

「喔喔……前輩你真厲害。」

我沒把基斯的稱讚放在心上，繼續前進。到處都可以看到人族，我讓他們一個個嚐到岩砲彈的滋味。

就這樣慢慢進攻，把被抓走的孩子們救回來吧。

這種時候如果艾莉絲和瑞傑路德也在場，就能以更快的速度去追趕這些傢伙，不過既然只有我一人，只能慎重行事……不，姑且還有基斯在啦，但是他整個人一副畏縮樣，看起來不像是可以派上用場。

「喂！有魔術師！他把火滅了！」

「可惡！為啥會有魔術師！」

「殺掉他！大家一起上，讓他沒機會使用魔術！」

正忙著評估這些事，卻發現那些人族的戰士們紛紛開始靠近。

「岩砲彈！」

我舉起手擊出岩砲彈。

一人、兩人、三人……不妙，沒想到這些傢伙的行動挺有秩序，而且人數太多了。

「可……可惡！儘管放馬過來啊！我不會讓你們動到前輩的一根寒毛！」

基斯嘴上喊得很有氣勢，身體卻慢慢往旁邊躲。實在靠不住。

該怎麼辦，我也要退後嗎？

這時，突然有個咖啡色的影子跳向我的眼前。

「我不知道你是誰，但感謝你拔刀相助！」

是獸神語。

擁有毛茸茸尾巴的犬系獸族舉起已經出鞘的劍，砍向靠近這邊的人族男性。

一刀兩斷，一擊就砍下對方的腦袋。

「剛才的雨讓我把臉洗乾淨了，只要鼻子能用，才不會敗在你們這些小嘍囉的手下！」

喔喔，好帥。

正如他所說，在我能看到的範圍內，獸族的劍士們都慢慢重振起旗鼓。

「小個子魔術師！我要召集戰士並搶回孩子們，請你相助！」

「了解！」

用獸神語回答後，獸族劍士有點驚訝，不過還是重重點頭再開口嚎叫。

有幾個人從樹上或草叢中一躍而出，也有人先打倒眼前的敵人，然後手腳並用地趕來。

所有人身上都傷痕累累，但是並沒有失去鬥志。

「君特和吉爾巴特跟我來，和這個魔術師一起去救出孩子。其他人守住現場。」

「是！」

所有人都點頭回應然後各自散開。

我也拔腿衝刺，努力追著一開始的那個劍士。基斯也從後面跟上。

獸族劍士們有時候會吸著鼻子嗅聞氣味，但是幾乎毫無猶豫，一直線往前跑。

途中，只要發現人族立刻砍殺對方。

跑著跑著，我聽到類似狗在哀叫的尖銳吼聲。

原來是有個獸族被三個人族包圍，落入險境。

人族就像是玩弄老鼠的貓，享受著三對一的狀況。換句話說這些傢伙滿身破綻。

我立刻使出岩砲彈，打昏其中一人。

跑在我旁邊的獸族戰士攻擊另一人，看到同伴突然被殺而慌了手腳的最後一人則是被原本玩弄的獸族砍死。

「拉庫拉娜！妳沒事吧！」

「啊……是！戰士欽巴爾，多謝幫助！」

被圍攻的獸族是女性，一個女劍士。

戰鬥過後的她同樣遍體鱗傷，我靠了過去，正打算使用治癒魔術，卻突然發現自己認得這張臉而停下腳步。

對方也因為看到我的臉而愣住。

「欽巴爾！這傢伙是！」

「他不是敵人，之前的那場大雨也是這傢伙的功勞。雖然打扮詭異，但站在我們這邊。」

「咦？」

她歪著頭感到不解的理由，並不是因為我身上只有一件毛皮背心，看起來跟半裸沒兩樣。而是因為我認識她。儘管直到剛剛才得知叫什麼名字，不過我倒是很熟悉她的胸圍和高明廚藝。

這個女劍士就是看守我和基斯被關的牢房的人物。

她來回看著我和欽巴爾，臉色逐漸發青。

一定是因為回想起對我的惡劣態度，所以內心正在努力反省吧。

沒關係，我並不恨妳。人嘛，總是會因為一點小誤會而做錯事。

我現在是魯迪烏斯菩薩。

所以啦，我要來對她施展一下治癒魔術。

「……」

叫作拉庫拉娜的看守小姐以複雜的表情接受我的治療。

就像是在煩惱到底該不該開口道歉。

不過，在治療結束之前，欽巴爾先開口大叫：

「拉庫拉娜，妳回去保護聖獸大人！」

「知……知道了……！」

結果她連謝謝也沒說。

聽到欽巴爾的指示後，臉上表情欲言又止的女劍士像是逃走般地跑得不知去向。

我們繼續追擊。

離開村莊，進入森林。

途中，因為我跑得太慢，所以由一名戰士把我背了起來。我成為從他背上發射岩砲彈的機器。

肩膀用裝備：魯迪烏斯。

這個裝備只要發現敵人，就會靠預知眼來使出預測射擊並自動打倒敵人。

只是，裝備的威力只會讓敵人昏倒，所以有必要再追加致命一擊。畢竟總得讓他們自己動手一下嘛。

「那傢伙就是最後一個！」

最後的敵人發現被我們追上時，已經停止腳步，放下行李並拔出佩劍。

所謂的行李是個少年，臉上被套了麻袋，雙手反綁上銬，或許是已經失去意識，整個人癱軟無力。

最後的敵人跪了下來……把劍抵在少年的脖子上。

是要作為人質嗎？

「吼……」

欽巴爾等人和做好準備的敵人繼續保持距離，一邊低吼一邊將他團團包圍。

那傢伙以從容表情觀察四周，最後視線和我對上。

「……飼主，你為什麼在這裡？」

我對這個蓄著鬍鬚的傢伙有印象。

是賈爾斯，幫忙走私瑞傑路德，還向我們提出委託的走私組織的一員。

「因為發生很多事情……我才想問賈爾斯先生你為什麼在這裡？」

「為什麼？哼！因為原本就是預定要這樣。」

欽巴爾他們對我投來懷疑我和對方認識或者根本是同夥的視線。

嗯……雖然我不太想說，但也不能繼續保持沉默。

「『原本就是預定要這樣』是什麼意思？」

賈爾斯不屑地啐了一口。

「我沒有必要告訴你。」

嗯，也對啦。不過，事情說不通啊。

「你明明提出委託要我們救出獸族的孩子們，說原因是會留下禍根。結果現在你卻像這樣又跑來擄走獸族的小孩……到底在演哪一齣戲？」

賈爾斯哼笑一聲，看了看周遭。

他被三名獸族劍士、我，還有基斯包圍，但臉上表情還很從容。

是說，沒想到基斯居然有跟上。

「沒錯，小鬼們也就算了，但是連『德路迪亞的聖獸』也一起抓走就會留下禍根。」

看樣子問題是出在那隻狗身上。

那麼，真希望他一開始就把話挑明了講。

直接要我們去把狗放了。

「我本來覺得這是個好主意。抓準時機把情報放給德路迪亞的戰士團，讓他們碰上你們。然後趁那個斯佩路德族解決戰士團的期間，我們襲擊村落搶走小孩。」

「……」

「當德路迪亞的戰士團發現村莊遭到襲擊時，已經晚了一步。會因為雨季而無法行動，也無法追蹤小孩子的去向，只能含怨放棄。」

這片土地有雨季。

在雨季的期間，幾乎無法離開村莊。

賈爾斯是想配合雨季的時間出手，藉此甩開追兵吧？

「你的手段還真是拐彎抹角呢。」

「我不是說過了嗎？我們的組織並沒有那麼團結，我當然要好好扯一下其他人的後腿。」

真是簡單明瞭。

放走同夥抓到的奴隸，賣掉自己抓到的奴隸。

他本人可以獲得大筆金錢，但同伴卻一毛都拿不到。

然後賈爾斯的地位會提昇，同伴則因為失敗而地位下滑。

就是因為用了那麼拐彎抹角的手法，才能占盡好處。

「你知道嗎，『飼主』？德路迪亞族的小孩可以賣到相當高的價錢。阿斯拉王國那邊有特別喜歡獸族的變態貴族，那一族願意花大錢買這些小孩。」

嗯，我想我應該認識那個家族。

「雖然和預定有點不同，不過斯佩路德族到頭來還是讓德路迪亞的戰士團卡在贊特港動彈不得。但是，為什麼你卻在這裡？」

「因為我稍微失了手，結果被抓。」

「是嗎？那麼，你願意加入我這邊嗎？」

聽到這句話，欽巴爾等人的視線都集中在我身上。

基本上他們似乎也聽得懂人類語，露出帶著警戒的眼神。

真希望大家別用這種眼光看我。

「賈爾斯先生……抱歉，幫助小孩時的我是『斯佩路德族的瑞傑路德』，而瑞傑路德這個人不會放過把小孩當成奴隸販賣的壞蛋。」

「哼！『Dead End』還自以為是正義人士嗎？」

「我們是希望被其他人這樣看待啦。」

交涉決裂。賈爾斯繼續用劍抵住少年的脖子，然後站了起來。

他看著試圖包抄的欽巴爾等人，哼哼笑了。

「是嗎……『飼主』，你做錯決定了喔。」

所以我剛剛不是說了嗎？現在的我叫作瑞傑路德啊。

這時，欽巴爾的兩名同伴來到賈爾斯後方，以宛如貓的動作靜靜壓低重心。

「……區區五個人無法打敗我。」

三人幾乎同時跳向賈爾斯。

欽巴爾率領的戰士A從右後方揮劍砍出，戰士B從左後方衝出試圖救出孩子。至於欽巴爾則是故意放慢一步從正面攻擊賈爾斯。

面對以動物般敏捷動作衝向自己的三人，賈爾斯的行動甚至可以說是緩慢。

首先，他把少年推向欽巴爾。

欽巴爾抱住被推過來的少年，失去目標的戰士B則是猶豫了一瞬間。

賈爾斯趁這個破綻利用把小孩推出去的反作用力轉往後方，對付戰士A。

他舉起那把似乎隨處可見的長劍來擋下並卸開戰士A的劍後，貫穿對方的胸膛。

緊接著他毫不遲疑地拔出劍，從後方撞向因為撲空而站不穩腳步的戰士B，緊貼對方的背後。
戰士B和欽巴爾的位置與賈爾斯形成一直線，欽巴爾因為抱著小孩所以無法行動。賈爾斯趁著這一瞬間的空檔，用不知何時出現在左手上的短劍深深刺入戰士B的胸口。
接下來他進一步把戰士B的身體當成盾牌，衝向欽巴爾。
依然把孩子抱在腋下的欽巴爾試圖迎擊。
然而已經太慢了。賈爾斯從人肉盾牌的雙腳間刺出劍，貫穿欽巴爾的腳。
欽巴爾一邊放開小孩一邊倒下，賈爾斯隨即斬斷他的脖子。
電光石火般的俐落身手，根本來不及出手幫忙。
我還在發呆，三名獸族的劍士們已經全都口吐鮮血分別倒下。
真的假的……
「……喂，前輩，這下不妙了。那是北神流，而且是阿托菲派，不使用奇招，擅於一對多戰鬥的實戰派。」
聽到基斯驚慌失措的說明，賈爾斯笑了。
「你真清楚呢，猴子臉。沒錯，我就是北聖『清掃專家(Cleaner)』賈爾斯。」
當賈爾斯講出這些話時，人質已經又回到他手中。
真的很不妙。雖然覺得他應該沒有瑞傑路德那麼強，但如果賈爾斯具備那種水準的實力，或許我根本沒有辦法應付。

可以靠預知眼對抗到什麼程度呢……

「北神流其實很有趣喔，因為連利用人質戰鬥的方法都有。」

以前，我在這世界的父親保羅曾經狠狠貶低北神流。原來如此，既然是有這種戰法的流派，也難怪會引起他的反感。實在很卑鄙，不配自稱為劍士。為什麼不堂堂正正地戰鬥？

「好了，放馬過來吧，『飼主』。還是懦弱的你已經因為剛才的狀況而腿軟，改變心意想放過我了？」

無論我在內心裡如何痛罵他，狀況也不會改變。

要不要乾脆放他走呢？

我和瑞傑路德不一樣，並不是那種即使賭上性命也要救出陌生小孩的正義人士。

我願意賭命保護的對象只有艾莉絲。

「什麼嘛，真的不攻過來嗎？是嗎，這樣也好，對彼此都好。」

反而是賈爾斯似乎對我抱著戒心。

說不定他有看到我用魔術滅掉森林大火，而且他也見識過我無詠唱施展魔術的樣子。只要我表現出試圖使用魔術的態度，或許賈爾斯會立刻賞我一劍。

不管他對我的評價高於實際多少，現在的我都無計可施。

即使利用預知眼，想要在不傷害到人質的情況下打倒劍術高手賈爾斯，恐怕還是不可能的任務。

如果覺得自己的性命寶貴，那麼只能放走他。
「是嗎，那麼『飼主』，要是以後有機會在哪裡再見……」
當賈爾斯放鬆警戒準備把人質扛到肩上的那瞬間——
「汪汪！」
突然有一團白色物體從他的旁邊衝了出來。
白色物體咬住賈爾斯拿劍的那隻手。
「嗚啊啊啊！怎麼回事！」
是狗。那隻體型巨大的白色豆柴突然從草叢中衝出，咬住賈爾斯。
「……嗚！」
我反射性地行動。
使用魔術，讓賈爾斯和人質之間出現衝擊波。
「嗚！」
人質與賈爾斯雙雙被彈飛，距離也因此拉開。
趁著這次衝擊，聖獸也跑離賈爾斯身邊。
賈爾斯重新拿好劍，轉身面對我。
「混帳！飼主！你還是動手了！」
賈爾斯的眼中滿是憎恨，彷彿我才是一切的元凶。

「果然和傳言一樣！居然利用狗攻擊……真是卑鄙……！」

到底是什麼鬼傳言啊……！

不，其實我剛剛啊，反而算是在幫助你耶。

「嗚嗚嗚……！」

聖獸充滿幹勁。

這隻狗不知何時已經移動到我旁邊，選定像是要支援我的位置，壓低姿勢。

「嘿嘿，不愧是前輩。記得幫我收屍啊……」

新人也來到比我前面一點的地方，以缺乏自信的態度舉起劍。

賈爾斯毫無鬆懈地持續備戰，和我方對峙。

總有一種想退也無路可退的感覺。

算了也沒關係。

既然我已經決定要賣個人情給獸族，乾脆就做得徹底一點。

「抱歉了，賈爾斯。『Dead End』的瑞傑路德不能當個壞人。」

雖然耍帥如此決定，然而狀況還是不樂觀。

現狀是三對一……話雖如此，應該比我們強的獸族戰士們被瞬間解決。

儘管現在他手上已經沒有人質，但我們這邊卻是我和新人加一隻狗的不可靠組合。

我真的滿心希望瑞傑路德能在場……不，我就是為了因應這種狀況所以才訓練至今。

「前輩……請你稍微爭取一點時間。」

當我下定決心時，新人壓低音量如此說道。

他是不是有什麼對策？

「我知道一個北神流的劍士應該會上鉤的招式。」

「……好。」

我往前一步，和新人肩並肩站著。

和聖級的劍士正面相對嗎……

不妙，心臟跳得超快。冷靜一點，要冷靜下來應戰。

「汪！」

旁邊的毛球叫了一聲，就像是要賦予我勇氣。

「喝啊啊啊！」

彷彿在呼應這個叫聲，賈爾斯也踹向地面。

面對急速接近這邊的賈爾斯，聖獸也正面衝上去迎戰。

〔賈爾斯一邊從左手方向繞過來，同時從下往上揮劍砍向聖獸。〕

可以看到。

使出岩砲彈……不行，聖獸也在彈道上，其他魔術比較好。

要用什麼？新人說要我吸引住賈爾斯的注意力，那麼……

「『Explosion』！」

「汪！」

配合聖獸跳起來的動作，我在賈爾斯眼前製造出小規模的爆炸。

「太天真了！」

賈爾斯以跳水般的姿勢讓整個身子衝向地面。

藉此從下面鑽過往上跳向他的聖獸後，翻了一圈接著站起……

〔賈爾斯一起身就揮劍從下方砍來。〕

「嗚！」

我往後跳避開這一劍。

好危險……要是沒有預知眼，我剛剛已經死了。

「嘖！你居然能閃過這一擊！」

賈爾斯邊大叫邊往前踏，使出斬擊。

〔對著身體橫向砍出一劍，然後拉回再砍一劍。〕

看得到，能夠閃開。

雖然速度比艾莉絲快，但是並不具備艾莉絲那種難以推測的獨特節奏。

現在沒有反擊的機會，不過視線角落裡可以看到聖獸爬了起來。好，快從後面咬他。

〔賈爾斯突然換一隻手拿劍，然後邊轉動身體邊跳躍。〕

一瞬間，我無法理解自己看到的影像。

也無法理解賈爾斯為什麼要做這種動作。

「……嗚！」

沒有往後跳，而是往旁邊踩的行動是一種反射性的動作。

回神時，才發現從正上方掉下來的短劍已經貫穿我的腳背。

在強烈的痛楚中，我看到下一個影像。

〔賈爾斯朝著這邊揮下劍。〕

我總算明白發生了什麼事。

是腳，賈爾斯利用腳來丟出短劍。大概是鞋子裡預先藏好的暗器！

就算看得到未來，這樣根本沒有意義。我之前就已經體認到這一點……！

「結束了，飼主！」

「汪汪！」

這時，聖獸咬住賈爾斯的肩膀。

「嗚哇！這隻死狗！」

「汪嗚！」

聖獸被他打飛出去，狠狠撞上樹木。

逮住這一瞬間的空檔，我讓魔力集中在右手上，射出岩砲彈。

「嘖！」

賈爾斯在半空中把高速飛向他的岩砲彈砍成兩半，劍上迸出火花，也逼使他鬆手放開劍。

好，趁現在把短劍拔起來……

〔賈爾斯撿起腳邊的劍，從下往上砍。〕

啊。

這時我才注意到，不知何時自己已經往後退到獸族戰士的屍體旁邊。

賈爾斯腳邊有獸族的劍。

原來我一直受到他的誘導。

「我不是說過結束了嗎，別再掙扎了，飼主！」

賭上最後一絲希望的我把魔力集中在雙手上。

一切看起來都像是慢動作。

賈爾斯把劍放在腰間，隨時會揮劍斬擊。

即使想在我們兩人之間放出衝擊波好拉開彼此距離，也無法搶在他揮劍前使出。

之前射出岩砲彈的空檔，應該要使用衝擊波或是先拔出短劍才對。

我走錯了一步。

「北神流奇詭派妙計，落淚彈！」

這時，我正後方傳來新人的叫聲。

同時，有什麼東西飛越我的頭頂。
是個黑色袋子。
於是，賈爾斯的影像出現變動。
﹇賈爾斯反射性地想揮劍去砍那個袋子，但是又猶豫一下，最後舉起雙手蓋住臉。﹈
袋子命中賈爾斯的臉，同時有像是灰燼的東西從裡面噴出。
這似乎是攻擊眼睛的手段。
但是失敗……啊，不，他現在出現很多破綻。
下一瞬間，我的魔術終於完成，兩人之間發生伴隨著火焰的爆炸。
我的身體以誇張的速度飛向後方。

——短短一瞬間失去意識後。
我強忍著全身挫傷和腳上的疼痛，撐起身體。
腳上的傷……不要緊，剛剛的衝擊似乎也順便拔出短劍，而且每一根腳趾都還在，這樣的話應該可以靠治癒魔術來治好。老實說我已經痛到連走路都有困難，然而現在沒有空哭哭啼啼地抱怨。
要立刻站起來然後繼續戰鬥，還沒有分出勝負……
「……？」

只見賈爾斯面朝上倒地，而且一動也不動。

「……太棒了！成功了！」

我轉向旁邊，只見基斯握拳大叫。

「北神流的傢伙只要聽見落淚彈這名詞，就會立刻用雙手遮住臉！」

雖然我搞不懂是怎麼回事，但北神流的人似乎有奇怪的習慣。

不管怎麼樣，我抱著警戒靠近賈爾斯。

「……喂，你要小心點啊，前輩。」

按照新人所說，我充滿戒心地觀察賈爾斯，然後把掉在他附近的劍拿起來丟向遠方。於是，聖獸也跟著衝出去，然後咬著劍回來。

尾巴還搖得非常起勁。

嗯嗯，真是好孩子。但是我們下次再玩丟飛盤的遊戲吧。

「新人，你拿好。」

我先摸了摸聖獸的頭稱讚牠，才把劍丟給基斯保管。

接著拿起附近地上的木棒，戳了賈爾斯幾下。

賈爾斯沒反應。即使去戳眼睛附近的位置，他還是連動都不動一下。甚至戴上手銬、腳鐐，連嘴巴也封起來之後，賈爾斯依舊沒有清醒。

看起來已經徹底失去意識。

「贏了。」

我喃喃說出這句話，於是聖獸低鳴了一聲，幫忙小孩拆掉麻袋的基斯則笑了。

真的打贏了嗎……

我沉浸在勝利的餘韻中，這時脫離麻袋的少年醒了過來，開始哇哇哭泣。

又過了一小段時間，獸族的戰士們才因為聽到他的哭聲而趕到現場。

★　★　★

這次的綁架事件似乎是相當特殊的案例。

是走私組織籌劃的大規模綁架作戰。

他們擬定了一個計畫，企圖綁架德路迪亞族的守護神，「聖獸」。儘管我不懂他們為什麼會想要綁走這種東西，不過畢竟聖獸是特別的生物，似乎有很多人想要得到牠。

然而，想用一般手段綁走聖獸是難以達成的目標。就算能成功得手，嗅覺靈敏的戰士們也會迅速追上，很快又會被奪回。所以，走私組織利用了雨季。

雨季會持續三個月。

為了因應雨季，各村的戰士們都拿出全副心力準備，每個村落也都很忙碌。

當然，雨季期間無法派船出海。

話句話說，只要在雨季即將到來之前先綁架聖獸並送往魔大陸，就不會被獸族的戰士們追上，能夠徹底脫身。

當然，獸族也懂得提高警戒。

在準備雨季的期間，他們會告誡小孩子不可以外出，大人們也加倍警覺。不用說，聖獸受到了嚴密的保護。

因此，走私組織更進一步地規劃出另一個計謀。

首先，他們僱用附近一帶的所有誘拐集團成員並暫時按兵不動。之後到了某個時期才一口氣襲擊各地，綁走女性和小孩。

戰士們很慌張。

剛因為今年的綁架被害者較少而放鬆警戒，許多村落的小孩就被同時抓走。

而且，走私組織還派出事先準備好的武裝集團對各地的村落發起攻擊。

然而，這時候他們卻刻意避開德德路迪亞族的村莊。

於是和其他人比起來較有空檔的德路迪亞族戰士們收到救援請求，分頭前往各地村莊幫忙防衛。

結果，造成防守德路迪亞村本身的人手不足。

趁此機會，走私組織以精銳襲擊德路迪亞村，成功地同時擄走族長的孫女和聖獸。

這是先在各地引起騷動後才奪取真正目標的閃電作戰。

受到武裝集團的攻擊，孩童被綁架，聖獸也被擄走。

如此一來，無論獸族的戰士有多優秀，人手也不可能足夠。族長裘斯塔夫首先決定放棄孩子們，他組織戰士團，命令戰士們防衛村子後，自己則帶人開始尋找聖獸。看來對於這個村子來說，聖獸是特別的存在。

他們之所以能找到保管走私貨物的地點，似乎是因為運氣好。因為運氣好獲得情報，才有辦法前往現場。

這個情報的來源其實是賈爾斯率領的分遣隊，不過這件事就先放一邊去吧。

那麼，接下來是我不清楚的事情。

也就是這一星期以來，瑞傑路德到底拋下我跑去忙什麼了。

得知上述的情況後，瑞傑路德似乎對走私販子的行為表現出強烈怒意。

他提議去襲擊尚未出港的船隻。

然而裘斯塔夫卻表示無法贊同，因為那些傢伙懂得如何瞞過獸族的鼻子，所以不知道孩子們被關在哪艘船上。

不過基本上，這種問題靠瑞傑路德解決就好。聽說他充滿自信地回答可以靠額頭上的眼睛查明正確的目標。

至於艾莉絲並沒有參加這次作戰，而是接下負責護衛孩子們的任務。

聽說她還開心到笑容滿面，這只能說是格雷拉特家的血統吧。

總之，瑞傑路德等人的襲擊行動成功了。他們輕輕鬆鬆地找到走私組織的船，把所有的組織成員打得半死後一一逮捕。

之後，從船裡面走出整群被抓的小孩，聽說人數差不多有五十個。

救出孩子們後故事進入快樂結局……的狀況並沒有發生。

因為他們襲擊了雨季前的最後一班船，所以贊特港的官員出面干涉。官員宣稱雨季前的船隻載運了重要的貨物，襲擊船隻的行為是重罪。

當然，裘斯塔夫有提出抗辯。

在米里斯神聖國和大森林的族長之間，有訂下禁止誘拐獸族以及將獸族作為奴隸的條約。自己等人只是在趕在實際出事前出手阻止，要是因此受罰，反而是很奇怪的事情。

這辯解讓贊特港的官員更為激動，並主張裘斯塔夫等人起碼該在事前先知會一聲。

然而這次的襲擊行動是在船隻即將出港前才發動，根本沒有空先去說明。

而且，人數是五十人。被綁架的小孩共有五十個，並不是五人或十人。

這代表各個村落至少都被綁走一兩個小孩。然而贊特港卻完全沒有抓到任何犯人，甚至官員還收取賄賂，對此視而不見。

這是違反條約的行為。如果繼續對這種狀況不予理會，獸族和米里斯神聖國之間將產生巨大的裂痕。

最糟的結果就是引發戰爭。情勢演變到如此嚴重的地步後，在袞耶斯的號令下，村裡召集了戰士團，雙方甚至似乎在贊特港的入口前對峙起來。

最後，贊特港方面做出退讓，決定對獸族支付高額的賠償金。為了處理這些交涉和把被抓的孩子們送回父母身邊，花了大約一星期的時間。當然我的事情就往後延，被丟著一星期無人聞問。

算了，這也沒辦法。我反而覺得如此重大的事情能在一星期內處理完很厲害。

不過呢，這狀況卻被賈爾斯趁隙而入。

因為袞耶斯把保護村莊的戰士團叫去贊特港，因此德路迪亞村的警備人數變少。

這時賈爾斯率領自己的手下發動襲擊。

至於他這樣做的理由，就是之前告訴我的那些。

他找了能相信的同伴一起綁走小孩，想要自己大賺一筆。出手的時期是雨季即將來臨之際，為了幹這一票，他甚至威脅造船廠老闆偷偷造了一艘船，所以大概是從很久之前就籌謀好的計畫吧。

事態往和他預定有一點偏差的方向前進，但是卻演變成和他預定相當類似的狀況，最後帶來和他預定完全不同的結果。

到頭來，賈爾斯的計畫以失敗告終，他被移交給贊特港的官員。

如此這般，事件總算告一段落，可喜可賀。

第九話「德路迪亞村的悠哉生活」

解救孩子們，還在村莊遭受襲擊時挺身而出的我們被當成英雄並收到邀請。
好像是希望我們在雨季期間能接受招待住在村子裡。
違背族長裘斯塔夫的指示，把我脫光關進牢裡還潑我一身冷水的裘耶斯有正式謝罪。
也就是仰躺露出肚子，據說這是獸族版本的磕頭請罪動作。
一開始以為他是在耍我，但每個人都一臉嚴肅。
就算看到大叔長了一堆毛的六塊腹肌，也只會讓我心生嫉妒。
所以我很快就原諒了他。
然而，艾莉絲卻不一樣。她知道我這一星期以來遭受的境遇後非常生氣，先對裘耶斯的肚子賞了一發伯雷亞斯拳，再從頭潑下一桶水，最後不屑地看著變成落湯雞的裘耶斯，拋出這麼一句：
「這下扯平了！」
不愧是艾莉絲。

★
★
★

那麼，我們現在的位置是裘斯塔夫他家。

他家蓋在樹上，是這村裡最大的建築物。

從外表看起來，這間位於樹上的三層樓木造建築似乎一碰上地震就會整個崩塌，不過實際進去才知道蓋得相當堅固，就算有大人在裡面跑來跑去也絲毫不受影響。

共有八個人在場。

我、艾莉絲、瑞傑路德。

泰德路迪亞族的族長裘斯塔夫，還有他的兒子，擔任戰士長的裘耶斯。

被我們從走私販子那救出的貓耳女孩是裘耶斯的次女蜜妮托娜，聽說他還有個長女叫莉妮亞娜，目前在別國留學。

獲救的小孩中還包括了亞德路迪亞族。

也就是那個年紀小小胸部卻很大的犬耳女孩，她是亞德路迪亞族族長的次女提露塞娜。原本想回去亞德路迪亞族的村莊，卻在途中碰上雨季，因此好像要在這裡住三個月。

兩個小女孩正喵喵汪汪地討論自己差點被綁走時的事情。

「沒被綁走真是太好了……聽說阿斯拉的變態貴族中還有那種只對獸族發情的傢伙，要是被綁走，真不知道會受到什麼樣的對待……」

和賈爾斯對話時，他也有提到擁有德路迪亞血統的種族可以高價賣給某國的貴族。

尤其是比較容易馴服的小孩似乎能賣到更好的價錢。

「真是阿斯拉貴族裡的敗類！」

我說那邊的艾莉絲同學！

妳怎麼講得好像一副事不關己的樣子！

我想這件事大概和某個名字以格開頭然後部分發音很像RAT（拉特）的家族大有關係！

雖然我沒問過艾莉絲她家那些女僕們的出身，但是說不定其中也有像這樣被擄走賣掉的人。

艾莉絲的祖父紹羅斯雖然是個好人，不過我對他的印象或許會改變。

嗯，總之這件事就按下不表吧，不該多嘴的事情當然還是不要多嘴比較好。

我正在胡思亂想，這時艾莉絲以突然想到的態度，展示起戴在身上的戒指。

「話說起來，你們認識基列奴嗎？這個……這戒指本來是她的東西……」

艾莉絲不會說獸神語，因此這句話使用了人類的語言。

在場懂人類語的人除了我和瑞傑路德，就只有袞斯塔夫與袞耶斯。

「基列奴……？」

袞耶斯板起臉。

「那傢伙……還活著嗎？」

「咦？」

他的聲調裡充滿厭惡，就像是帶著滿腔不屑。

接下來，裘耶斯的第一句話是……

「那傢伙是一族的恥辱。」

以這句話為開端，裘耶斯開始對基列奴嚴加批評。

還特地使用艾莉絲也聽得懂的人類語，以帶入情緒的聲調，冷淡地持續說明基列奴這個人是如何地沒出息，又是多麼不配當他的妹妹。

對於曾受基列奴救命之恩的我來說，這些發言實在不堪入耳。

她在這個村莊裡，似乎做過相當惡劣的行徑。

但是，那畢竟是她小時候的事情。我認識的基列奴是個笨拙但努力的人。

她已經改過自新，也洗心革面，不該被講得如此難聽。

而是值得我尊敬的劍術師父，也是值得我自豪的魔術學生。

所以……該怎麼說。

別再講了。

「那個戒指是我母親為了讓那傢伙不要動不動失控而給她的東西，結果卻完全沒有意義，那傢伙是個只會破壞的廢物。」

「我說你……」

「胡說八道！你根本不懂基列奴！」

艾莉絲打斷了我，以尖銳的聲音大叫。

音量大到讓人擔心房子會裂開。

看到艾莉絲突然大叫，其他人都愣住了。能聽懂人類語的只有有裘斯塔夫與裘耶斯。

我還以為艾莉絲會使用暴力。然而她只是露出非常不甘心的表情，噙著淚水握緊不斷顫抖的拳頭，並沒有動手打人。

「基列奴是我的師父！是我最尊敬的人！」

我很清楚。

艾莉絲和基列奴的感情有多好，艾莉絲最信賴的人又是誰。

我根本遠遠比不上。

「基列奴很了不起！真的……真的非常厲害！只要我喊救命，她就會立刻來救我！她跑得很快！也非常強！」

艾莉絲開始列舉出一些恐怕連她自己都聽不太懂的發言。

即使聽不懂內容，也可以透過這悲痛的聲調理解她的意思。

至少，她已經代替我說出全部想法。

「基列奴她……嗚……嗚嗚……才不該……被講成那樣……嗚嗚……」

看到艾莉絲沒有動手打人而是忍著眼淚，可以知道她非常努力。
沒錯，這時不能去打裘耶斯。因為基列奴以前在這個村莊裡都表現得非常暴力。
如果艾莉絲也打人，那麼裘耶斯只會說：
看吧就是這樣，妳和那傢伙根本是一丘之貉。
我看了看裘耶斯的反應，他似乎很錯愕。
「不……怎麼可能……基列奴她……讓人尊敬？不可能有那種傻事……」
看到他這模樣，我決定壓抑住自己的怒火。
「停止討論這個話題吧。」
我摟住艾莉絲的肩膀，提出這種建議。
聽到我這麼說，艾莉絲露出不敢相信的表情。
「為什麼……魯迪烏斯……你討厭基列奴嗎？」
「我也很喜歡基列奴啊。不過，我們認識的基列奴跟他們知道的基列奴是名字相同的不同人。」
語畢，我看向還感到混亂的裘耶斯。
只要見到現在的基列奴，就算是他也會改變想法吧。
歲月可以讓一個人轉變，我就是最好的見證。
「……我知道了啦。」

艾莉絲看來並不服氣，但基本上似乎有多少出了點氣。
「不……那個，基列奴她真的成了那麼出色的人嗎？」
「至少我本人也很尊敬她。」
聽了我的回答，裘耶斯陷入沉思。
算了，根據剛才的發言，他和基列奴之間恐怕發生過很多事。而且是那種會讓他憤怒到無法自制的事情。
所謂的血緣關係，其實相當嚴格。
正因為是親人，所以有些事情無論過了多少年依舊無法原諒。
「所以，能麻煩你為這件事道歉嗎？」
「……抱歉。」
大概是因為一天內讓裘耶斯道歉兩次，現場的氣氛變得相當微妙。
話說回來，講到基列奴……
雖然這一年以來我把這事給忘了，但她應該也有被轉移事件波及。
現在基列奴到底在哪裡做什麼呢？我想，她應該會尋找我和艾莉絲的下落……
讓我不禁為了沒能在贊特港收集情報而感到惋惜。

★★★

過了一星期。
雨一直下個不停。
我們借用村裡的一間空屋，住在那裡生活。
基本上我們算是大森林的英雄，所以每天就算沒做任何事情也會有人送飯菜來。明明他們自己應該也受到火災影響而很辛苦才對。
樹下淹起大洪水，有一次村裡的小孩掉下去，非常驚險。
我用魔術把孩子救上來後，村民們嚇了一大跳，也對我非常感謝。
原本想既然這樣，乾脆用魔術把雨雲全都吹散，不過最後還是決定放棄。
因為洛琪希也說過，操作天候並不是什麼好事。
要是我強行停止這場雨，說不定會發生什麼對大森林有害的狀況。
老實說，我個人很希望雨快點停讓我們能夠繼續趕路。
算了，聽說差不多三個月就會停，在那之前先忍一下吧。
我在雨中前往村裡四處亂逛。

大概因為只是個小村莊，沒有武器店、防具店以及旅社那類設施。
基本上都是民宅、倉庫，還有士兵們用的警備室。
這些全都蓋在樹上。村莊呈現立體結構，真的很有趣。
光是在村裡閒逛就會讓人覺得很興奮。
不過，他們告知我有一個地方禁止繼續進入，那條路似乎通往某個對這村莊來說非常重要的場所。當然，我也不想冒犯那種場所。
散步中，我發現上方和下方通路呈現交岔的路口。
我抱著期待在那裡停留，想看看會不會有女性從上方經過時，基斯晃了過來。
「喂！新人！對了，你也被放出來了嘛！」
聽到我的叫聲，基斯帶著開心表情揮手。
他同樣是因為在村莊遇難時有盡一份心力，所以獲得赦免。
「沒錯，還叫我不要再犯。哎呀，那些傢伙真傻，想也知道當然還會再動手啊。」
「負責警衛的狗大哥～這傢伙根本沒反省！」
「喂喂等一下別喊啊！現在是雨季無法逃走，所以我不會亂來啦。」
現在是雨季……意思是他總有一天會再出老千吧。
真是個沒救的傢伙。
「對了，我要把背心還你。」

「就說叫你不要突然講話那麼客氣啊，背心你就拿去吧。」
「可以嗎？」
「畢竟這時期還挺冷的嘛。」
不過，他似乎不是壞人。
這個隨性又溫暖的感覺，會讓我想起保羅。
保羅……不知道他過得好不好。

過了兩星期。
雨還是沒停。不過，我得知德路迪亞族擁有只傳授給特定人物的祕密魔術。
似乎是可以利用嚎叫來探測出敵人的位置，或是使用特殊的聲音來讓對手失去平衡感覺的魔術。我碰到裘耶斯時之所以會麻痺，據說也是因為那種魔術之一。
根據說明，看樣子是利用「聲音」的魔術。
因此我去拜託裘斯塔夫無論如何請傳授給我，他很爽快地答應。
雖然他多次示範我也努力模仿，卻還是無法順利成功。
果然沒有德路迪亞族的特殊聲帶似乎就無法使用。
反正我早就有預料到應該會是這樣。
我想，即使判斷各種族獨有的魔術我幾乎都無法掌控，恐怕也不算是太過誇大。但是獸族卻可以使用人族的魔術，實在很不公平。由於我已經理解基礎是必須「讓聲音帶有魔力」所以嘗試了很多次，卻發揮不出多少效果。

我能辦到的效果只有能讓對手瞬間愣住一下的程度而已，看樣子無法成為瓦○。（註：ワギャン，電玩《瓦強世界》的主角，可以發出音波麻痺敵人）

順便一提，讓裘斯塔夫見識無詠唱魔術後，他非常驚訝。

「最近的魔術學校居然有教這種東西。」

「不，這是因為我師父教得好。」

雖然沒有什麼意義，但我還是捧了一下洛琪希。

「哦？你那位師父出身於哪裡？」

「她是魔大陸比耶寇亞地區的米格路德族，至於魔術……應該是在魔法大學研讀的吧。」

我說自己以後也打算進入魔法大學後，裘斯塔夫似乎感到很佩服。

「哦？已經有這等實力還如此上進啊。」

這句話讓我有點飄飄然。

★★★

過了三星期。

這村莊也會出現魔物。

可以看到長得像水黽的蟲從水面上迅速靠近，接著突然跳起來攻擊；還有類似海蛇的魔物會沿著樹幹往上爬。

儘管有戰士團在保護村莊，但這場大雨似乎會讓獸族自豪的嗅覺和利用吼聲的聲納都派不上用場，因此魔物有好幾次都避開監視溜進村裡。

我和艾莉絲一起在村裡散步時，目睹一個獸族小孩快要被像是變色龍的爬蟲類魔物抓住的驚險場面。

我立即以岩砲彈擊落那隻變色龍，於是那個小孩很可愛地搖著尾巴向我們道謝。

順道一提，我非常受到村裡孩子們的歡迎，果然該歸功於拯救眾人脫離險境的英雄立場吧。他們經常來我這裡舔舔我的臉，或是展示雨季前收集的各種樹木種子。真是超搶手。

至於艾莉絲大概是受到家族血統影響，看到一整群長著獸耳尾巴的可愛小孩就會感到很興奮，頻頻喘著粗氣去摸他們的頭或尾巴，所以反而引起孩子們的反感。

總之，我不忍看到這些孩子們被魔物襲擊。

因此跑去找瑞傑路德提議要幫忙村裡防衛，但是他卻表示反對。

「這村裡的戰士們有自己的尊嚴。」

保護村莊是村裡戰士們的責任，他們沒有主動求助的話，外人就不該多管閒事。

這似乎是瑞傑路德的常識。

然而我完全無法理解。
「比起那種事情，孩子們的安全不是更重要嗎？」
這樣反論後，瑞傑路德思考了幾秒鐘，決定去問一下裘耶斯的意見。
「喔喔！瑞傑路德先生願意協助我們嗎！真是幫了大忙！」
結果裘耶斯非常歡迎我們。
據說是因為先前的綁票事件導致戰士的人數減少很多，所以他願意代表村裡的戰士團提供酬謝。
如此這般，我們開始動手解決在村裡發現的魔物。
由瑞傑路德負責找出，我負責用魔術打倒，然後回收魔物的屍體，取下可用素材再由裘耶斯收購。真是個不錯的循環流程。
正如瑞傑路德所說，一開始村裡的戰士們都不太高興，不過我們毫不留情地殲滅溜入村內的魔物後，他們反而都開心地說看樣子今年的雨季可以避免出現犧牲者了。
「我原本以為獸族是個自尊心更強烈的種族……居然把村莊的安危交給其他種族負責還因此感到放心……這實在是……」
只有瑞傑路德嘮嘮叨叨地抱怨了一段。
數百年前的獸族似乎和現在不一樣。

過了一個月。

感覺雨勢變弱了，不過有可能只是我多心。

艾莉絲和蜜妮托娜以及提露塞娜的感情變好了。

儘管語言並不相通，或許那個年紀的孩子還是有辦法建立交情。

明明下著雨，她們還是到處亂跑，似乎玩得很開心。

我本來還在猜測三人是在忙什麼，結果好像是艾莉絲在教她們人類語。

那個，艾莉絲，居然，在教別人，學語言！

我不需要擺出老師架子介入她們之間，害艾莉絲沒面子。

畢竟我可是個很懂得察言觀色的男人。

艾莉絲沒有同齡的朋友。因此，看到她像這樣和年紀差不多的孩子如此和樂相處，讓我心裡也冒出一股暖意。

紅髮和貓耳、狗耳女孩。

光是看著她們開開心心地打鬧互動，我就十分滿足。

不過啊，艾莉絲。我建議妳最好不要隨便就動手抱住她們，不然或許會像我一樣引起誤解。

妳看那邊，裘耶斯先生正在觀察妳呢。看到妳興奮抱住他女兒的樣子，身為父親不知道有何感想？

「嗯，艾莉絲小姐，謝謝妳和我女兒這麼要好。」
咦……奇怪？反應怎麼跟我那時不一樣？
毫無疑問，那女孩正散發出發情的氣味吧？
果然男性和女性是不一樣的嗎？是嗎？想也知道是那樣，理所當然嘛。
「話說關於基列奴的事，實在非常抱歉。我和她很久沒見了所以一直抱著誤解，但我那個妹妹在外面闖蕩過後，似乎也成長了一些。」
裘耶斯低頭道歉。經過這一個月，或許他總算整理好心中的各式想法和情緒。
這是好事。
「那當然啊！她可是劍王基列奴呢！還有，現在的基列奴還會使用魔術喔！」
「哈哈哈，基列奴會用魔術？艾莉絲小姐真會說笑。」
「是真的！是魯迪烏斯教導基列奴學會文字、算數跟魔術！」
「是魯迪烏斯先生他……？」
之後，艾莉絲開始大力吹捧我和基列奴。
她談起我以前在菲托亞領地時的教學情況。
一開始是解釋自己和基列奴的學習能力到底有多差，可是魯迪烏斯直到最後都很認真地教導那樣的自己和基列奴，實在值得尊敬。大概就是這樣的內容。
聽著聽著，讓我本人都感到有點不好意思。

裘耶斯一直表現出很佩服的態度，和三人分別後，他來到我躲著偷聽的木箱前方。

「那麼，那位值得尊敬的師父在這種地方做什麼呢？」

「觀……觀察他人是我的興趣。」

「哦？還真是高尚的興趣。話說回來，你是用什麼方法教會基列奴識字？」

「也沒什麼，很普通地教。」

「普通……？我完全無法想像。」

「聽說她在冒險者時期曾經因為懂太少而吃了很多苦頭。不過，你無法想像也是很正常的事情啦。」

「是那樣嗎？我那個妹妹以前是個只要碰上不爽的事情，就一定要找個人揍一頓才能消氣的傢伙……」

根據裘耶斯的發言，基列奴的少女時代似乎和過去的艾莉絲很像。

無論什麼事情都可以和人吵架，而且因為很強所以更是停不下來。據說裘耶斯也多次遭遇悲慘下場。

居然在力量方面比不過妹妹，真是沒用的哥哥。

講到哥哥，其實我也是當哥哥的人呢。諾倫和愛夏不知道過得好不好。

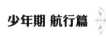

對了，我本來想要寫信，結果卻一直忘記。

等這場雨停了之後要去米里斯神聖國的首都，到時就寄封信回布耶納村吧。從魔大陸寄信常常會寄丟，但是從米里斯寄出的話應該能夠順利送達。

「對了，魯迪烏斯先生。」

「什麼事？」

「請問你要在木箱裡待多久？」

當然是待到她們開始換衣服為止。

因為已經快到晚上了，那幾個女孩等一下就會去洗澡然後換上睡衣。

「聞聞……有發情的氣味。」

「咦！不，怎麼可能有那種事情！應該是有某個喜歡獸族的少女在哪裡露出恍惚的表情吧？」

裝傻回應後，裘耶斯的眉毛跳了一下。

「魯迪烏斯先生，之前的事情我很感謝你。對於因為誤會而衍生出的風波，到現在我也依然感到歉疚。」

他先講了這句話當開場，態度才一百八十度大轉變。

「不過，要是你膽敢對我女兒出手那就另當別論。如果你不立刻出來，我會把你連人帶箱一起踹進水裡。」

裘耶斯是認真的。我毫無猶豫，一秒內就竄出箱子。

這是可以跟刺海盜玩具相媲美的速度。

「我是負責保護這村子的人。雖然不想講這種話……但是你給我有分寸一點。」

「是。」

嗯，也是啦，我有點太得意忘形了。反省。

過了一個半月。

瑞傑路德和裘斯塔夫似乎很談得來。

他經常拜訪裘斯塔夫家，一起邊喝酒邊談論彼此過去的經歷。雖說內容相當血腥，不過這些故事本身聽起來還挺有趣。

或許該形容這是兩個自稱前暴走族的傢伙在誇耀想當年自己幹了多少壞事的行為吧？

不過恐怕這些故事都是實際發生過的事情。

因為聽了這些，讓我對獸族有更深入一點的了解。

所謂獸族，是居住在大森林的所有種族的總稱。

其中有許多種族渡海前往魔大陸，後來就被視為魔族。在外表特徵方面，就是身體還有某些部分和哺乳動物一致。此外，每個種族似乎各自擁有特殊的五感。

因此廣義來說，諾克巴拉與布雷茲在過去其實也是獸族。

德路迪亞族在獸族中算是特別的存在。

他們是負責守護聖獸，維持森林全體和平的一族。

長得像貓的泰德路迪亞族。
長得像狗的亞德路迪亞族。
據說這兩族是正系，另外還有數十種的支族。
換句話說，他們就是大森林的王族。不過現在似乎也沒有特別做什麼有王族樣子的事情，只有在緊急事態時會以領導者身分出來帶頭而已。
此外，長耳族和小人族也住在大森林裡。
據說他們分布在大森林偏南方的區域，和獸族沒有太多接點，但似乎會參加一年一度的部族會議以及在大聖木周邊舉行的祭典。
根據裘斯塔夫的說法，即使種族不同，他們也是住在大森林裡的伙伴。
順便一提，礦坑族居住的地方並非是大森林，而是更往南的青龍山脈山腳下。
青龍(Blue Dragon)基本上都在世界各地的空中飛行，只有產卵和育兒時期會在青龍山脈上築巢。跟候鳥很類似。
不過青龍和一般的候鳥不同，頻率似乎是十年一次。
那麼講回獸族，據說說獸族從以前起就一直重複著和人族一下交戰一下友好的狀況。
如果是小規模的戰爭，其實五十年前才剛發生過。裘斯塔夫也參加了那場戰爭，還說了獸族的強大戰士團把誤入森林裡的人族士兵一一輕鬆打倒的故事。儘管他加油添醋了不少內容，不過以獸族觀點來講述的事件聽起來倒是相當新鮮有趣。

為了對抗，瑞傑路德也抬出傳家寶，也就是拉普拉斯戰役中的斯佩路德族軼事。

他們誰也不輸誰，然而或許因為是兩個老人在對話，內容慢慢演變成覺得往日無限好的感嘆。

「最近的戰士實在不像話。」

「我懂啊，瑞傑路德先生，軟弱的傢伙變多了。」

「沒錯，哪像我年輕時，全都是傑出的男子漢。」

真可說是意氣相合。

這種事情果然在哪個世界都一樣。

「的確如此。裘耶斯明明已經成為戰士長，判斷力卻還是很差。雖然那傢伙的確擅長整合眾人，但如果能更仔細觀察狀況，魯迪烏斯先生就不會發生那種遭遇。」

「不，魯迪烏斯是戰士。他應該明白在敵陣裡一旦大意，就有可能被抓並成為俘虜，結果他還是掉以輕心。像裘耶斯那種程度，只要他認真應付，應該可以立刻壓制對方才對。所以那次是魯迪烏斯自己失態。」

呃啊，這話聽起來真刺耳。

瑞傑路德是因為相信我，所以才讓我一個人折返。

結果我卻三兩下就被人抓住，以某種角度來說，的確是背叛了他的信任。

「不過瑞傑路德先生，這種講法是不是未免有些薄情？畢竟你的同伴經歷艱辛遭遇……」

「既然是個戰士，就必須對自己戰鬥的結果負責。況且基本上，魯迪烏斯大有能力自行逃走！雖然身為同伴的我很高興自己受到信賴，但他不是個小孩子！戰士不能做出那種因為自身被捕而拖累同伴陷入困境的行為！」

瑞傑路德這傢伙似乎醉得相當厲害。

是啦，如果是你被抓，應該會自行逃走吧。但是對我別有過度期待。我能辦到的事情可是有限的喔。

★　★　★

過了兩個月。

有一天我正待在房間裡，聖獸大人慢條斯理地晃了進來。

牠在村子深處被當成溫室花朵受到細心照顧，不過一天有一次散步時間，可以在村內自由閒逛。

而最近中意的散步路線似乎是我這裡。

「哎呀這不是聖獸大人嗎？找我這隻性獸有何貴幹？」

「汪！」

「Two～」

「汪！」

牠似乎不願意接 three。（註：日文中汪跟 one 同音）

其實我也不確定這隻聖獸大人的性別到底是公是母，總之牠來到我身邊坐下。

現在，我手上有正在製作的人偶模型。

距離雨停似乎還要一段時間，所以我沒來由地決定開始製作。

模特兒是瑞傑路德。

或許會有人好奇為什麼要選他？不過，請大家想想看。

斯佩路德族被當成一種真相不明的怪物，只要看到綠色頭髮，人們就會畏懼害怕。

但是，我做的人偶模型沒有上色，是只有灰色的石製模型。

所以只要我把這個模型做得很帥氣，說不定人們會更容易接受。

首先從輪廓開始。

頭髮的問題放到最後。

「汪！」

聖獸大人整個身體都緊貼著我的大腿，還把腦袋擱到膝蓋上。

從來沒有動物和我這麼親近，所以我有點不知所措。

「唔？」

牠以像是在表示：「你在做什麼？」的態度看著我的手。

明明還小，這隻小狗倒還挺穩重。總之我先摸了摸牠的頭。
「因為閒來無事，所以我從事一下創作活動。」
「汪！」
牠舔了舔我的手。
尾巴也搖個不停，看來聖獸大人不討厭我。
畢竟雨一直下個不停，聖獸大人一定也很閒吧。肯定很需要刺激。
「來玩吧。」
「汪！」
於是我就這樣開始抓著牠扭來滾去，打鬧成一團。
我可以享受到柔軟蓬鬆的觸感，聖獸大人可以進行適度的運動。
這正是ＷｉｎＷｉｎ的關係。

叩叩。
當我正忙著跟聖獸大人玩耍時，響起敲門聲。
「嗯？請進。」
「打擾了。」

結果進來的人是和村裡戰士相同打扮的女性，拉庫拉娜小姐。

也就是我當初被關在牢裡時的看守。

她是負責照顧聖獸大人的人員之一，在散步時間快結束時就會過來這邊。

「啊，妳好。」

「你辛苦了，魯迪烏斯先生。之前真是失禮了……」

拉庫拉娜每次一見到我，就會針對潑我冷水的事情道歉。

不過，其實我覺得道歉過一次就夠了。

「但是，魯迪烏斯先生，可以請你停止迷戀聖獸大人的行為嗎？」

「這什麼話，我只是玩得很開心而已耶。」

哎呀，又要誣賴我嗎？

我說妳啊，實際上根本沒有反省吧？

要是講話不小心點，下次就輪到妳被全裸關進牢裡，換成我去潑冷水喔。

「可是，有發情的氣味。」

「……只是誤會。」

那是因為拉庫拉娜每次來都會低頭道歉，所以我內心那個敗類尼特族的部分就會嘀咕一些：「這位大姊，要是道歉就能了事，這世上根本不需要警察。如果妳希望我能原諒妳，知道該怎麼做吧？上床去嘍」之類的廢話。

「聖獸大人對德路迪亞族來說是非常重要的存在，儘管我明白是魯迪烏斯先生你救了聖獸大人，但抱著迷戀之心的行為依舊……」

「不，所以我說我沒有迷戀聖獸大人啊。」

據說聖獸大人是每隔數百年才會誕生一次的某種魔獸。

沒有正式名稱。

自古以來，聖獸大人出現時世界都會面臨危機，而聖獸大人成長之後將會和英雄一起踏上旅程，以其強大的力量拯救世界。

這就是關於聖獸的口頭傳說。

因此，據說在德路迪亞村的深處有一棵被稱為聖木的大樹，那裡架起了結界，而聖獸大人就被保護在結界內細心照顧。簡直就像是那種養在深閨的大戶人家千金小姐，不願意讓現在還什麼都不懂的聖獸大人前往外面的殘酷世界。

然而畢竟牠是隻狗，似乎一天還是安排了一次散步時間。

順便一提，聽說聖獸大人還要差不多一百年才會長大。意思是如果傳說為真，一百年後世界就會面臨危機嗎？而拉庫拉娜目前的主要工作好像就是保護聖獸大人。

還有再補充一點，那條禁止進入的通路就是通往所謂的聖木。

「該不會……魯迪烏斯先生就是英雄嗎？」

「汪汪！」

這時，聖獸大人叫了一聲，拉庫拉娜露出驚訝神色。

「咦！您說什麼？」

啊？怎麼了？

「汪！」

「原來如此……可是……」

「汪嗚！」

「……我明白了。」

我說妳，為什麼可以跟狗這麼若無其事地對話啊？

聖獸大人的發言怎麼聽都不是獸神語吧？

要怎麼聽出差別？難道是使用了狗語翻譯機嗎？

「聖獸大人說，英雄不是你。」

「對吧。」

請幫我多說她幾句。

「只是，聖獸大人似乎很感謝魯迪烏斯先生。」

「哦？我一直被關在牢裡沒人管，還以為牠早就把我給忘了。」

「汪！」

「聖獸大人說，這話太讓人遺憾了，牠有好好吩咐過必須提供美味飯菜。我想魯迪烏斯先生你應該對料理相當中意吧？」

沒錯。

只有餐點的確好吃，而且還可以再來一碗。我也覺得被關在牢裡卻有這種待遇實在奇怪，原來那是聖獸大人的安排啊。不過，要表示謝意卻率先關心吃飯問題，果然只能說畢竟是隻狗嗎？

「不過如果是那樣，我還是希望至少能把我從牢房裡放出來。」

「汪嗚！（似乎是在問牢房是什麼）」

「是把壞人關起來的地方。」

「汪！（聖獸大人說牠自己也被關著）」

之後，透過拉庫拉娜的翻譯，我和聖獸大人聊了一下。

於是我才知道聖獸大人似乎不太了解這次事件的來龍去脈。

牠不知道我身上散發出發情的氣味，也不懂為什麼裘耶斯要抓我。甚至連自己被鍊住關著的狀況，也頂多只有理解到那是發生了某件可怕的事情。

換句話說，牠還是個小孩。不能對小孩子有太多要求。

實在沒辦法。

「託聖獸大人的福，我才能過著舒適的生活。非常感謝。」

我開口道謝後，聖獸大人搖搖尾巴，還舔了我的臉。

噗呼呼，真是可愛的傢伙。我伸手摸了摸牠的脖子，結果卻被推倒。

哎呀，不行啦，有別人在看……

「……魯迪烏斯先生，聖獸大人是尊貴的存在。那個，能不能控制一下你的迷戀之心？」

「不是啦，這個發情的氣味是對妳的反應。」

「咦！」

「不，沒事沒事。」

不妙，不小心稍微洩漏出真心話。

「嗯哼！那麼聖獸大人，回（聖木）家的時間到了。」

「汪！」

叫牠回去就會乖乖聽話，聖獸大人轉身離去，沒有任何抱怨。

每天差不多都過著這樣的日子。

順便提個祕密，幾天後我想教聖獸大人學會握手卻被發現，慘遭拉庫拉娜痛罵一頓。

如此這般，三個月過去，並未發生任何重大事件。

雨終於停了。

第十話「聖劍大道」

離開德路迪亞村的前一天。

艾莉絲和蜜妮托娜起了衝突。

不用說，結果當然是艾莉絲獲得壓倒性勝利。

這也是理所當然。艾莉絲已經到達能跟上瑞傑路德鍛鍊的水準，像蜜妮托娜這種年紀比她小，而且也沒有特別受過訓練的女孩根本不成對手。完全是在欺負弱小。

或許這次該告誡她一下比較好。

儘管我很清楚艾莉絲的個性就是那樣，但她也快十四歲了。十四歲雖然還是小孩，卻不再是可以不分青紅皂白就打人的年齡。

不過，我該說些什麼呢？

至今為止，我從來不曾阻止艾莉絲打架。就算她在冒險者公會裡惹了什麼是非，基本上也都是交給瑞傑路德處理。一直採取這種態度的我，事到如今又該說什麼呢？是不是該告訴艾莉絲，冒險者和一般村裡的小女孩並不一樣呢？

「不……不是啦，是托娜不好。」

提出這種主張的人是提露塞娜。

根據她的說明，蜜妮托娜似乎是想挽留雨季結束後就要離開此地的艾莉絲。

獲得挽留的艾莉絲雖然開心，不過還是表明要繼續旅行的意志。

所以就演變成蜜妮托娜耍任性，而艾莉絲試圖說服她的情況。

可以說是和平常相反。

對話又持續了一陣子。

兩人最初都還算冷靜，但不久之後爭論就逐漸升溫。

蜜妮托娜開始人身攻擊，而且對象還包括基列奴和我。聽說艾莉絲即使露出不高興的表情，還是強行忍住，以冷靜態度提出反論。

結果，先出手的人是蜜妮托娜。

她對艾莉絲下了戰書。

真是具備勇氣的行為，值得尊敬。我完全模仿不來。

話雖如此，艾莉絲也接下這份挑戰。她毫不留情地痛扁蜜妮托娜，一如往常。

「艾莉絲。」

「怎樣啦！」

這時，我決定先仔細觀察狀況。

首先是蜜妮托娜。

明明應該是打輸了，但還是相當激動，發出貓咪威嚇時的哈氣聲。

即使被艾莉絲狠狠教訓，內心還是沒有受挫。

但是艾莉絲連成熟大人的精神都可以輕鬆摧毀，不是那種會在最後關頭疏忽大意的人。

這就代表……

「艾莉絲妳出手時有比較客氣呢。」

「……那當然。」

她邊回答邊把頭轉開。如果是以前的艾莉絲，要是有人膽敢反抗她，就算對手的年紀比較小也絕對不會手下留情。我本身可以保證是那樣。

「如果是平常，妳會下手更重吧？」

「……因為她是我的朋友啊。」

我仔細觀察艾莉絲的表情，發現她嘟起嘴，感覺有點心虛。

嗯，看來她有點後悔出手打了蜜妮托娜。

這是過去的艾莉絲不曾表現出的反應，這三個月似乎讓她成熟了一點。

在我沒有注意到的時候，艾莉絲也有確實成長。

那麼，我該說的只有一句話。

「我建議妳在明天出發前先跟她和好喔。」

「…………我才不要。」

果然還是個小孩嗎？

★
★
★

在村裡的最後一天，因為忙著準備旅行，我沒有去見聖獸大人。

就像是代替事件，深夜裡出現兩名入侵者。

「啊！」

音量比較小的叫聲，跟音量比較大的撞擊聲。

就算是我，也因為這兩個聲音而驚醒。我一邊覺得自己最近似乎過於鬆懈，同時撐起身子，把手伸向放在旁邊的魔杖。

如果是小偷，未免太笨手笨腳。瑞傑路德應該早就察覺到了吧。

不過，他卻什麼都沒說。這是怎麼回事？

「提露塞娜，安靜點喵。」

我放開魔杖，難怪瑞傑路德沒吭聲。

「對不起，托娜。可是太暗了……」

「好好睜大眼睛就能看到喵……啊！」

又響起撞到東西的聲音。

「托娜，妳沒事吧？」

「好痛喵……」

或許她們本身覺得自己是在講悄悄話，不過因為音量很大，被我聽得一清二楚。兩人的目的是什麼呢？金錢？名聲？還是看上了我的身體？

只是開開玩笑，橫豎是來找艾莉絲的吧。

「啊，是這裡嗎？」

「聞聞……好像不太對……」

「沒差啦喵，反正都在睡覺。」

她們在我的房門前停下腳步，然後開門闖了進來。

以戰戰兢兢的態度環視房內後，和坐在床上的我視線相對。

「喵……！」

「怎麼了，托娜……啊。」

蜜妮托娜、提露塞娜一起出現。

她們身上穿著單薄的皮製連身裙，屁股位置開了個洞，露出尾巴。是獸族特有的睡衣。

真的非常可愛。

「三更半夜的有什麼事嗎？艾莉絲的房間是隔壁喔。」

我盡可能壓低音量。

「對……對不起喵……」

兩人邊道歉邊想要關上房門。

卻突然停止動作。

「對了……還沒有說過謝謝喵。」

「啊！托……托娜？」

蜜妮托娜像是突然想到什麼，又再度回到房內。

提露塞娜也怯怯地跟了進來。

「謝謝你救了我喵。聽說要不是你有幫我施加治癒魔法，我說不定已經死了喵。」

我想也是。

那個傷勢相當危險，嚴重到如果是我恐怕早已心靈受創。

她居然還能維持住那種毅然態度，實在了不起。

「那只是舉手之勞啦。」

「多虧有你，連傷痕也沒有留下喵。」

托娜邊說邊把連身裙的下襬整個往上掀，展現出沒有穿著任何東西的漂亮雙腿。不過大概是因為房間太暗，看不到最深處。

似乎看得見卻又無法真正看見。奇希莉卡大人，妳為什麼沒有夜視的魔眼……

「托娜，這樣太不檢點了……」

「反正已經被看過一次，沒關係喵。」

「可是裘耶斯叔叔有說過人族男性隨時都在發情，要是隨便靠近會遭到侵犯。」

什麼隨時都在發情，這話講得真難聽。

但是沒有說錯。

「而且呀，如果他看到我的身體會興奮，要當成謝禮也比較方便……喵！突然好冷！」

「誰叫妳一直把裙子掀那麼高。」

這時，我根本沒有在注意蜜妮托娜的腿。

而是冒著冷汗，緊緊握住原本放在旁邊的魔杖。

因為隔壁房間裡正緩緩溢出某種類似殺氣，而且又異常尖銳的氣勢。

「嗯……嗯哼！總之我已經確實收下妳的感謝了。艾莉絲在隔壁房間，請吧。」

就算是小孩子，也不可以隨便把傷痕給他人看。

萬一被喜歡玩醫生家家酒的危險大叔襲擊那可怎麼辦。

「是嗎……不過真的很謝謝你喵。」

「謝謝。」

兩人再次低下頭表達謝意，然後離開房間。

我先等了一會才偷偷移動，把耳朵貼到牆上。

可以聽到隔壁房裡的艾莉絲以不高興的語氣說了一句：「怎樣啦？」

她現在肯定又擺出那個雙手抱胸的招牌站姿。

不過蜜妮托娜和提露塞娜的聲音就聽不太清楚。不，是因為艾莉絲太大聲才聽得到吧。

心驚膽跳地偷聽一陣子後，艾莉絲的語氣逐漸和緩下來。

感覺應該沒問題。

我放心地回到床上。

三人似乎聊了一整晚。

我不知道她們談了些什麼。畢竟蜜妮托娜和提露塞娜的人類語都還不太靈光，艾莉絲雖然多少懂一些獸神語，但也不到能夠和他人會話的程度。

我原本很擔心她們真的有把話講開嗎？不過隔天道別時艾莉絲握住蜜妮托娜的手，和她擁抱時眼中還閃著淚光。

看樣子有順利和解。

太好了太好了。

★ ★ ★

聖劍大道。

這是一條直線貫穿大森林的道路。

過去由聖米里斯開拓出的這條大道上充滿魔力。

明明周圍淹大水，大道本身卻很乾燥。此外，據說這條路上不會出現任何魔物。

我們接下來要使用德路迪亞族送的馬車沿著這條路移動，前往南方。

他們幫忙準備了所有旅途上的必須用品。

包括馬車、馬、旅費、以及消耗品等等。

看這情況，即使不回贊特港應該也能夠到達米里斯的首都。

就在即將出發的時候，不知為何來了個猴臉男。

「哎呀～真是剛好。我也正在想差不多該回米里斯了，讓我搭個便車吧。」

新人（基斯）邊這樣說，邊厚著臉皮爬上馬車的車斗。

「哎呀，這不是基斯嗎？」

「你也要跟來？」

除了我以外的兩人並沒有表示不滿。

我開口詢問他們彼此認識嗎？才知道基斯私底下似乎已經先確實打點好這兩人。

他加入艾莉絲和蜜妮托娜、提露塞娜的小圈圈講一些有趣的故事，還在瑞傑路德與裘斯塔夫聊天時趁機奉承，充分發揮出輕佻個性的優勢，並藉由這種技倆拉攏他們。

趁著我沒注意的時候。

所以，才能讓兩人如此輕易地接納他。

這就是NTR（被睡走）嗎！

「好，那麼出發了！」

瑞傑路德高聲宣布，馬車也同時開始往前移動。

我向送行的獸族眾人揮手道別。

也因為艾莉絲含著淚水看著蜜妮托娜她們的反應而有點感動。

然而，心中卻留下一點化不掉的疙瘩。

都是因為基斯。既然他想跟來，大可以一開始就明講。

根本沒有必要特地像這樣在私底下偷偷摸摸搞小動作。

只要正常開口拜託我，我又不會拒絕。

明明我們兩個是吃同一鍋飯還互相幫忙抓跳蚤的關係，實在太見外了。

「喂喂，前輩，別那樣瞪我嘛。咱們不是關係很好嗎？」

在前進速度相當快的馬車中，或許我看起來就是一臉不爽吧。

基斯咧嘴一笑，湊到我耳邊說道：

「別看我這樣，我對自己的廚藝可很有自信。吃飯時就包在我身上吧。」

他露出討人喜歡的表情。

這傢伙不是壞人。

不過，大概是因為賈爾斯的事件還留在腦裡沒能忘記，我才會忍不住去懷疑他是否別有隱情。

「魯迪烏斯。」

「什麼事，瑞傑路德先生？」

「其實也不礙事吧。」

「大爺！不愧是大爺！哎呀，我從以前就覺得大爺是個真男人啊！」

「瑞傑路德先生，真的沒關係嗎？這傢伙是你最討厭的壞人喔。」

「但是他看起來似乎沒那麼壞。」

我實在不懂瑞傑路德的判斷標準。

那樣沒關係但這樣不可以？不，說不定這是基斯事前討好的成果。

幹得挺漂亮嘛，這隻臭猴子。

「嘿嘿嘿，我雖然會賭博，但絕對不會想要去貶低哪個人。大爺看人的眼光沒有錯！」

老實說，我的確欠了這傢伙一些人情。他在我沒衣服穿很冷的時候提供了自己的背心，和賈爾斯交戰時也有出手幫忙。

儘管我不確定他到底在打什麼主意，不過我這邊沒有拒絕的理由。

畢竟我只是看到他搞一些拐彎抹角的小動作，所以在賭氣而已。

「要跟來是可以啦，但是新人，你不怕斯佩路德族嗎？」

我以瑞傑路德也能聽到的音量發問。

這傢伙到底知不知道瑞傑路德是斯佩路德族啊……既然喝酒聊天時他也有去湊一腳，那麼就算已經知情其實也沒啥好奇怪。我只是擔心他事後才抱怨「斯佩路德族真的很可怕～」那就討厭了。

「當然很怕啊。因為我也是魔族，從小就經常聽說斯佩路德族有多恐怖。」

「是嗎，順便講一下雖然外表是這副德性，但瑞傑路德其實是斯佩路德族。」

聽到我這句話，基斯瞇起眼睛。

「大爺不一樣，因為他是我的救命恩人。」

我以視線詢問瑞傑路德發生過什麼事，但他只是搖了搖頭像是在表示不清楚。

所以至少不是指這三個月裡有受過幫助。

「大爺果然不記得了嗎？畢竟是三十年前的事情嘛。」

基斯開始敘述。

那是一段有邂逅、有離別、有高潮也有床戲的超精彩故事。

一個冷酷無情的超級大帥哥表示要踏上旅程，卻有一百名女性懇求他別走，他帶著留戀離開故鄉，後來在旅途中和神祕美女……

故事很長，總之就是當基斯還是個新手冒險者時曾遭到魔物襲擊差點喪命，那時似乎是瑞傑路德救了他。

「算了，畢竟是三十年前的事情，我也不是真的那麼感恩。」

不過還是覺得斯佩路德族雖然恐怖，但只有大爺是例外。

猴子臉的新人這樣說完，露出笑容。或許是我多心，瑞傑路德的表情似乎也比較和緩。

我有種實際體會到因果報應的感覺。

太好了，瑞傑路德。

「總之，暫時要麻煩你啦，前・輩☆」

如此這般，猴子臉的新人加入「Dead End」……的情況並沒有發生。

他再三強調自己頂多只會搭便車到下一個城鎮為止。

因為他有個忌諱，主張四個人組成的隊伍不會碰上什麼好事。

不過要是他遵守那忌諱，一個人乖乖被關在牢裡不就更省事了嗎？

算了，不想加入隊伍的話也不必加入。

就這樣，我們的旅程多了一名同行者。

★★★

我們靠著馬車的速度，在大森林裡不斷前進。

這條大道真的是一路直線。

而且這條直線會通往地平線的另一端，米里斯神聖國的首都。

完全沒有出現魔物，排水功能又特別優異。

因為我不懂為什麼會有這種路，所以基斯做出說明。

開拓出這條大道的人，是世界主流宗教之一的米里斯教團之開山祖師——聖米里斯。

據說當初米里斯拿劍一揮，結果不但劈開山脈和森林，還把魔大陸上的魔王也一刀兩斷。

所以根據這個傳說，這條路被稱為「聖劍大道」。

照理說會覺得這故事未免太扯了吧，然而這條路上卻還殘留著聖米里斯的魔力。

證據就是直到目前為止，我們真的完全沒碰上魔物。馬車也不曾因為道路泥濘而放慢速度。可說是一路順暢，簡直跟奇蹟沒兩樣。

讓人能夠理解為什麼米里斯教團會是力量那麼強大的宗教。

但是，我反而擔心這樣會對身體造成什麼不良影響。

魔力這種東西的確很方便。然而，魔力也會引起負面效應，例如會讓動物變成魔物，還會把兩個小孩從中央大陸轉移到魔大陸。

所以魔力充沛也是一件很恐怖的事情。只是沒錯啦，不會遭到魔物襲擊真的很輕鬆。

每隔一段固定距離，大道旁邊就會出現類似露營區的地方。

我們在那種區域準備過夜。

瑞傑路德會去森林裡打些合適的獵物回來，食材方面並不需要擔心。

偶爾會有附近村落的獸族過來做生意，不過在食物方面幾乎沒有必要花錢。

另外不用說也知道，大森林裡的植物很豐富。

大道旁邊長著很多能當成辛香料使用的花草。

我根據過去讀過的植物辭典採集那些植物作為調味料。

然而我的烹飪技能並不高明。雖說這一年進步了不少，但也只是從「難吃」提昇到「有點難吃」的程度。

大森林的食材品質優於魔大陸。不只有魔物，也有普通的動物，例如兔子或山豬之類的普通野獸。雖說這類動物的肉只要用火烤一下就很好吃……不過既然難得有機會吃到，當然會想品嚐更進一步的滋味。畢竟人對食物總是抱著貪婪的探求心。

所以輪到基斯上場。

正如之前的宣言，他的確是野營烹飪的高手。

他變魔法般地利用我採收的野草和樹木種子來製造出辛香料，賦予肉華麗豐富的味道。

「我不是說過嗎？我啥都會。」

也難怪他會自吹自擂，真的非常好吃。

讓我忍不住大喊：「太了不起了！獻身！」並緊抱住他。

結果基斯表現出感到很噁的反應，我自己也覺得很噁。

彼此彼此啦。

★★★

「好閒……」

今天也照舊忙著準備食物時，艾莉絲突然喃喃講了一句。

食材：瑞傑路德。

火和水：我。

烹飪：基斯。

面對這完美的分工，艾莉絲確實無事可做。頂多幫忙撿柴，但很快就會做完。

所以艾莉絲閒得發慌。

一開始她自己默默揮劍。由於我和基列奴以前曾經多次強迫艾莉絲進行反覆練習，所以她可以揮上好幾小時。但如果要問這樣做好玩嗎？答案似乎也並非肯定。

現在，瑞傑路德去打獵，基斯正在熬湯，我則是在處理剛開始動工的人偶模型。

儘管要花上不少時間才能完成這個十分之一比例的瑞傑路德，不過應該賣得掉。也就是要給予附加價值，例如說什麼只要有這個東西就絕對不會被斯佩路德族襲擊，反而能成為朋友之類。

這事先放一邊去，總之艾莉絲現在無聊到不知道該做什麼。

「我說！基斯！」

「什麼事，小姐？湯還沒煮好喔。」

基斯一邊確認湯的味道一邊回頭。

只見眼前出現擺出招牌站姿的艾莉絲。

「我要你教我烹飪！」

「不要。」

拒絕得真迅速。

基斯繼續忙碌，彷彿剛才什麼事情都沒發生。

艾莉絲稍微愣住，，但立刻重振精神大吼：

「為什麼！」

「因為我不想教。」

「所以我問為什麼啊！」

基斯重重嘆了一口氣。

「我說小姐，戰士只要顧好戰鬥方面的問題就行了。烹飪根本沒用，食物這種東西只要能吃就行。」

順便說一下。

這個傢伙煮的料理完全不只「能吃就行」的程度。

而是可以開餐廳的水準。儘管不至於讓某某皇從嘴巴放出光線，但至少會是一家搏得近鄰好評的餐廳吧。

「可是……如果我會做菜……那個……你懂我的意思吧？」

艾莉絲吞吞吐吐地說著，還一直偷瞄我。

什麼事，艾莉絲，妳想說什麼啊？噗呼呼……妳可以明講喔。

「不懂。」

基斯對艾莉絲很冷淡。

不知道為什麼，用詞語氣也總是相當嚴厲。對我和瑞傑路德說話時並不會這樣，只有在面對艾莉絲時，會講出一些似乎是在劃清界線的發言。

「小姐妳不是擁有劍術的才能嗎？根本不需要會做菜。」

「可是……」

「有戰鬥能力是一件幸福的事情喔。想在這世界活下去，根本不需要更多東西，只會擾亂難得的才能而已。」

艾莉絲滿臉不高興，但是並沒有攻擊基斯。

因為不知為何，基斯的發言有種奇妙的說服力。

「哎呀～其實這只是表面上的藉口。」

基斯點點頭，停下攪湯的手。

接著把湯舀進我用魔術製作出的石碗。

「我呢，已經決定再也不教人做菜。」

他以前似乎待過有能力潛入迷宮的隊伍。

那是一支六人隊伍。據說除了他以外，其他人都是一些只會做一件事的笨拙傢伙。

當時基斯的口頭禪是：「你們啊，除了那個以外什麼都不會嗎？」

這支隊伍儘管不正常，但據說也過得挺順利。

然而有一天，一個女性隊友對基斯表示她想要學會烹飪。

目的是為了追到隊伍裡的另一位男性成員。這世界裡也存在著「要掌握一個男人得先掌握他的胃」的理論。基斯實在沒轍，最後只好答應。

雖然他不知道是不是料理的功勞。

不過以結果來說，女隊友和男性真的湊成一對，之後結婚，一起退出隊伍不曉得跑哪裡去了。

基斯表示這還不要緊。

雖然拆夥時有起了一些衝突，然而他認為這本身並不壞。

只是後來的發展爛透了。那兩人再怎麼說都是重要人物，離開之後讓隊伍陷入混亂。爭執和漠不關心席捲整個隊伍，也無法好好處理委託，很快就決定解散。

話雖如此，基斯是個萬能的人才。
儘管欠缺劍術和魔術的才能，但除此之外什麼都會。
因此，他認為自己一定很快就能找到下一支隊伍。
結果是慘敗。明明當時基斯是個還算有名的冒險者，卻沒有其他隊伍願意收留。
基斯什麼都會。
只要是冒險者會做的事情，基本上他都沒問題。
換句話說這也代表基斯會做的事情，全都是能找到別的人來處理的事情。也就是在高層級的隊伍裡會由所有人共同分擔的雜事。
所以基斯察覺到。
只有那支隊伍是自己能棲身的地方。
因為有那些笨拙的傢伙，自己的價值才能發揮。
之後，他算是半放棄冒險者這個職業。
似乎決定改以賭徒的身分活下去。
「所以啊，不能讓女人學會烹飪。」
這是我的禁忌……他又加了這一句。
我個人是覺得基斯的忌諱根本小題大作。
烹飪這種事情教一下又不會怎麼樣。

這湯也很好喝，才喝一口就覺得嘴巴裡嘟嘟噠啦地大聲唱起歌來。

連我都想拜他為師，所以我決定幫忙艾莉絲一下。

「我明白新人你後來落入不幸，但是向你學習烹飪的那個女性後來有得到幸福吧？」

我這樣問的目的原本是想順水推舟地叫他也教艾莉絲。

然而基斯卻搖了搖頭。

「我不知道那女性後來幸不幸福，因為沒有再見到她。可是……」

他露出自嘲的笑容。

「那個男性……卻不能算是幸福……」

所以他才會把教人視為忌諱嗎？

看到臉上帶有失落表情的基斯，我也無法再說什麼。

原本很好喝的湯也變得有些無味。

真希望瑞傑路德趕快回來……

★　★　★

某天，我在休息地點的路旁發現奇妙的石碑。

那東西大概高度及膝，表面上刻著奇妙的圖案。有七個圖形圍住一個文字，正中央的文字應該是鬥神語的「七」吧？至於其他圖案，好像在哪裡看過又好像沒有。

我決定去問基斯。

「喂，新人。這石碑是什麼？」

基斯看看石碑，點點頭「啊～」了一聲。

「那是七大列強。」

「七大列強？那是啥？」

「就是這世界上最強的七名戰士。」

據說這是在第二次人魔大戰結束那時，由被稱為「技神」的人物所選出的名單。

技神是當時被視為世上最強的人物。

而這樣的人物選出了世界最強的七人。

至於這塊石碑，就是用來確認這一份名單。

「這方面的事情大爺應該很清楚……大爺！」

聽到基斯的叫聲，原本在附近和艾莉絲一起訓練的瑞傑路德也走了過來。

艾莉絲原地以大字躺下，氣喘吁吁地調整呼吸。

「『七大列強』嗎？真讓人懷念。」

瑞傑路德一發現石碑就瞇起眼睛。

「你知道這是什麼嗎，瑞傑路德先生？」

「我年輕時也拚命鍛鍊，希望自己有一天也能名列『七大列強』……」

他一邊回答，一邊把眼神放向遠方。

看得相當遠，真的很遠很遠……到底是多久以前啊？

「那些圖案是什麼呢？」

「那是各個人物的紋章，顯示出目前的七人。」

瑞傑路德一一指著圖案並告訴我現在名單上有哪些人。

目前的七人是：

排行第一「技神」。

排行第二「龍神」。

排行第三「鬥神」。

排行第四「魔神」。

排行第五「死神」。

排行第六「劍神」。

排行第七「北神」。

似乎是這樣的排名。

「喔～不過，我以前根本沒聽說過『七大列強』耶。」

「因為在拉普拉斯戰役之後，『七大列強』的名聲不再聞名天下。」

「為什麼不再出名？」

「因為拉普拉斯戰役時產生劇烈變動，這裡面有一半人都不知去向。」

除了技神，聽說當時的「七大列強」似乎全都參加了拉普拉斯戰役。

然而，其中三人死亡，一人下落不明，一人遭到封印。

當時似乎只有龍神四肢健全地活了下來。基本上，當時被視為候補名單的人們往上遞補進入排行榜，之後還花了數百年爭奪後段排名，然而他們的實力卻和「最強」這名詞有著遙不可及的距離。

況且目前位居前四名的人都不知身處何方。

技神：下落不明。

龍神：下落不明。

鬥神：下落不明。

魔神：遭到封印。

既然實力真正足夠的前幾名是這種狀況，根本沒有維持住一個排行榜該有的基本形式。

因此「七大列強」逐漸沒落，也從人們的記憶裡慢慢消失……大致上是這樣。

順帶一提，魔神大概是因為並未死亡而是處於封印狀態，所以才能繼續留在排行榜上吧。

「當時活著的人還有多少呢？」

「這個嘛……即使在四百年前，技神的存在就已經遭到質疑。」

「說到底，為什麼技神要建立這個排行榜呢？」

「不知道。有聽說過是為了找出能打倒自己的人，但我也不清楚詳情。」

真像是深○排行榜啊。（註：出自漫畫《エアマスター》裡出現過的「深道排行榜」）

「這石碑看起來也相當古老，說不定現在順序已經有了變化。」

我喃喃發表意見，基斯卻搖了搖頭。

「不，聽說這東西會靠魔術自動變化。」

「咦？是那樣嗎？靠什麼魔術？」

「我哪知道。」

看來是這麼一回事。

石碑的文字會自動變化……到底怎麼辦到的？這世界的魔術還有很多我不懂的事情。要是能前往魔法大學，是不是也可以學到那些知識呢？

話說回來，七大列強嗎……

我本來就覺得這世界有很多強到像是作弊的傢伙，完全不覺得自己能跟上。

不過算了，反正我也沒打算成為世界最強。

對於自身強大與否的問題就別太執著吧。

一個月後，我們通過大森林。

一個月，才花了短短一個月就成功穿越整座大森林。
道路從頭到尾都是一直線，也完全不會出現魔物，可以專心移動。
這是原因之一，另一個理由是因為馬匹的性能相當好。
這個世界的馬不知道什麼叫作疲勞。一天裡面幾乎有十個小時都在不停往前跑，可是到了隔天依舊活蹦亂跳。
或許有用到某種魔力吧，總之我們很順利地通過大森林。
要說有什麼意外，只有我在途中長了痔瘡。
當然我沒有告訴任何人，偷偷用治癒魔術處理好。
艾莉絲宣稱要修行，在馬車上也一直站著。我跟她說很危險別這樣做，然而她的平衡感卻好到無法理解到底有什麼危險。我決定也效法一下，結果隔天整個下半身都使不上力。
艾莉絲真了不起。

在通過青龍山脈的山谷入口有一個城鎮。
這城鎮是礦坑族經營的驛站城鎮，沒有冒險者公會。
不過似乎是出名的鐵匠城，可以看到一間接著一間的武器店和防具店。基斯告訴我這裡販賣的劍不但便宜品質也好，艾莉絲露出很想要的表情，但我們的手頭並不寬裕。畢竟從米里斯前往中央大陸時大概又會因為斯佩路德族而花上一筆錢，因此我說服她現在不該隨便浪費。

況且艾莉絲現在用的劍也不是什麼很差勁的武器。

不過我果然也是男人，看到整排充滿威嚴的劍和鎧甲就忘了自己已經老大不小，忍不住興奮起來。話雖如此，大概是因為外表年紀和服裝問題吧，被負責顧店的礦坑族嘲笑說這些東西恐怕不適合小朋友。

告訴他其實我是劍神流中級後，對方有點驚訝。

不過也罷，因為沒錢，我頂多也只是看看。

根據基斯的情報，這裡似乎是大道的分岔點。沿著山脈往東移動會到達礦坑族的城市，往北東是長耳族，往北西則是小人族的領域。

或許正是因為地理位置的問題，這城鎮裡才沒有冒險者公會。

另外，山上似乎有溫泉。

溫泉……真是讓人非常有興趣的情報。

「溫泉是什麼？」

「是山裡冒出的熱水，在那裡洗澡會非常舒服喔。」

「哦……好像很有趣。不過魯迪烏斯你也是第一次來這裡吧？為什麼知道？」

「我……我是在書上看過。」

那本叫「行遍世界」的導覽本裡有寫到溫泉嗎？

總覺得好像沒有。

不過……溫泉嗎？真好……

這世界大概沒有浴衣吧。但可以看到浸濕的髮絲，染上淡淡櫻花色的肌膚，泡在熱水裡的恍惚艾莉絲……

而且溫泉這種地方有那個。

不，我想應該不是混浴吧？不是吧？不過萬一是混浴，該怎麼辦呢？

總有種務必要去確認一下才行的衝動。

「因為雨季才剛結束，我想山上應該很難走喔。」

我正在猶豫，基斯提出反對意見。

不習慣登山的人似乎必須耗費相當多時間才能到達。

因此，我只好放棄溫泉。

真遺憾。

★★★

聖劍大道逐漸深入青龍山脈。

寬度差不多可讓兩輛馬車交錯而過的這條路把整座山一分為二。

我們的位置是谷底。

不過，或許是因為米里斯的加護，聽說很少出現落石。如果沒有這條路，要前往米里斯必須往北繞很大一圈。

因為儘管這座山很少出現青龍，依舊有許多魔物，要通過會伴隨著極大風險。

聖米里斯在這種地方開拓出一條完全不會出現魔物的捷徑。

讓我可以充分理解聖米里斯為何受到信仰尊崇。

我們花了三天穿過山谷，完全脫離大森林的範圍。

繼續往前就會進入米里斯神聖國。

終於回到人族的領域。

我一方面因為這事實而感到滿心雀躍，同時繼續旅程。

無職轉生

到了異世界就拿出真本事

外傳
「守護術師菲茲」

當我回神時，發現自己正待在半空中。

「咦？」

嘴裡發出的疑問聲被風刮走，瞬間消失。

驚人的高度，不斷往下墜落的感覺。

呼吸因為風壓而變得困難，身體穿過一片片雲朵。

猛然湧上心頭的恐懼感。

「咿！」

我可以聽見喉嚨深處發出慘叫。

明明是自己在慘叫，卻產生彷彿是遠處有哪個人在大叫的錯覺。

慘叫聲讓我更強烈感覺到眼前的狀況是現實。

不知道為什麼，自己正待在半空中，而且不斷往下墜落。

「啊……嗚啊！」

必須想點辦法，不趕快想出辦法就會死。

——會死。

毫無疑問死定了。從高處摔落會死，這點常識自己還懂。

也知道地面越來越接近。
「嗚哇啊啊啊啊啊啊！」
受到恐懼心的影響，我解放所有魔力。是風，我製造出風，讓風從正下方以強烈到像是在攻擊的風勢朝著自己吹來。因為有人告訴過我鳥類是乘風在空中飛翔。是誰？是哪個人？
落下的速度稍微減緩——但是，很快又恢復成原本的速度。
用風不行。因為有人教導過我，雖然鳥可以乘風飛翔，然而人類無論受到多強烈的風往上吹，也依舊無法飛翔。是誰？是哪個人？
這種時候，到底該怎麼辦才好？
「他」說過什麼？曾教導我各式各樣知識的那個人說過什麼？
快點回想，快想起來。
他是不是有說過什麼？飛行的方法？他說過那不可能實現。人無法飛行，無法自力飛行，除非利用什麼東西否則無法飛行。可是那個人有一段時期曾經嘗試飛行，只是到頭來還是沒有成功，想飛起來然而卻失敗，最後摔到鋪在地面的某種柔軟物體上。
對了！能減緩衝擊力的柔軟物體，要用柔軟的物體來包住身體。
可是，要多柔軟才行？而且，該怎麼製造出來？
我不知道我不知道我不知道！
怎麼辦？怎麼辦？怎麼辦怎麼辦怎麼辦怎麼辦？

我試著製造出水包住身體，可是不行，立刻被風吹散。

製造出風試著把自己往上推，可是他說過這樣不行，這是行不通的方法。

製造出土……可是我不知道要怎麼利用！

製造出火……風……水？土？好混亂啊！我真的不知道該怎麼辦！

「啊！」

我的腦袋撞上地面。

★★★

「嗚哇啊啊啊！」

銀髮少年一邊慘叫一邊猛然抬起身子。

他的年齡大約是十歲左右，稚氣的臉孔因為恐懼而扭曲。

「呼……呼……」

少年一邊大口喘氣，同時伸手觸摸自己身體各處，還以像是要拔起頭髮般的力道用力搔著長著銀髮的腦袋，確定自己四肢健全。

「……啊？咦？」

看看周圍，他發現自己並沒有待在半空中，而是坐在柔軟的床上。

「呼……」

少年用手蓋住臉，放心地吐了口氣。

「喂，菲茲，你還好吧？」

聲音來自上方。

另一名少年正從雙層床鋪的上鋪倒著往下看。儘管尚未成年，卻是個能迷倒所有人的絕世美男子……如此自稱的少年叫作路克。

「聽你囈語得很嚴重，又作了那個夢？」

「啊……嗯……」

被喚為菲茲的少年以曖昧態度點頭回應。

這時，他突然感覺到自己的跨下似乎不對勁。不確定是怎麼回事的菲茲低頭一看，發現那邊似乎是濕的。

伸手一摸，才知道從睡衣下襬到床單都已經溼透，還微微冒著熱氣。

「啊……！」

菲茲慌忙用手把被子拉了過來，試圖瞞過路克，然而為時已晚。

路克已經繃著臉把菲茲尿床的事實看得一清二楚。

「嗚……嗚嗚……」

眼中含淚的菲茲帶著自責表情看向路克。

「對……對不起……」

「不必向我道歉啦。」

路克一邊爬下床一邊嘆氣，然後搔了搔腦袋。

「也不會有任何人責怪你。」

「可……可是……我都已經這麼大了……還……還尿床……」

「那天遭遇恐怖經歷的人不是只有你一個。」

這樣說的路克聳著肩，表情卻很嚴肅。

他的聲調裡聽得出真心的安慰之意。

「而且這裡有一大堆會在半夜用小便弄髒床單的人，女僕們也早就習慣了。好啦，趕快換好衣服把床單交給負責洗衣的人吧，愛麗兒殿下在等我們。」

路克丟下這句話，然後乾脆地一個人先離開房間。

菲茲一邊擦去眼淚一邊爬下被弄濕的床鋪，戴上放在旁邊的太陽眼鏡。

★　★　★

菲茲是菲托亞領地消滅事件的受害者。

被轉移到的地點是半空中。

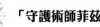

突然被丟進離地面好幾百公尺的高處後，他當然也不例外，立刻受到重力牽引往下墜落。

要說菲茲和其他人有什麼不同之處，就是他其實是魔術師。

而且不是一般的魔術師。雖然年僅十歲，不過在優秀的老師教導下，菲茲已經學會所有的中級魔術以及好幾種上級魔術，而且全都能以無詠唱方式施展。

他在半空中掙扎，在到達地面前成功減速，最後奇蹟般地以雙腳骨折這種結果著地。

儘管形容成墜落也不算是誇大其詞，但不管怎麼說，菲茲還是成功降落到地面，然後因為魔力枯竭而失去意識。

當他清醒後，已經失去一切。

失去故鄉、家人、居處。

還如此幼小卻一瞬間就成了遊民。這時有個人特別注意到無處可去也無人可依賴的菲茲，那就是阿斯拉王國的第二公主，愛麗兒·阿涅摩伊·阿斯拉。

她看中菲茲能夠自在驅使無詠唱魔術的實力，僱用了他。

於是菲茲就留在王宮裡，過著身為第二公主守護術師的生活。

「呼啊……噢，是路克和菲茲啊，早安。」

身為守護術師，第一個工作是從愛麗兒起床開始。

早上必須在規定的時間去請公主起床。

這類工作原本該由貼身侍女來負責，然而愛麗兒年幼時曾多次差點被暗殺，因此現在不曾交由守護騎士路克或守護術師菲茲以外的人來進行。

菲茲之所以有資格負責叫愛麗兒起床，是因為他原本住在王宮外，可以確定他和那些與愛麗兒敵對的貴族們沒有關聯。

「早安，愛麗兒殿下。」

當然，要是比公主更晚起床會受到嚴罰……理論上如此，不過菲茲至今為止已經多次比愛麗兒晚起，卻從來不曾遭到打罵。

「真是個舒服的早晨……路克，今天有哪些預定？」

愛麗兒伸了個懶腰，同時離開床鋪，來到化妝台前的椅子坐下。

菲茲跟在她的後方，為公主洗臉梳頭。

「早餐後，上午和達提安卿與克萊因卿進行會議。內容是——」

路克淡淡地說明預定，他後方的菲茲迅速但輕柔地幫公主梳理頭髮。

「午後是和皮列蒙公的會議。晚餐是——」

「講皮列蒙公真是見外……那不是你的父親嗎，路克？」

「因為我有被告誡不可以公私不分。」

髮型完成後，愛麗兒站起身子，把雙手舉到與肩同高的位置並往外張開。

看到公主這樣做的菲茲開始動手幫她脫下衣服。原本更衣也是侍女該負責的工作，不過這同樣是愛麗兒自幼以來的習慣。
因為覆蓋在美麗絲絹下的彈潤雪白肌膚而心跳加速的菲茲為愛麗兒換上由侍女事先準備好的服裝。
那是具備複雜奇妙的構造，讓人連該怎麼穿上都搞不清楚的服裝。
但是幫愛麗兒更衣的菲茲卻動作俐落。
當初被安排負責這項工作時，菲茲連正確的穿法都不懂。
然而，最近已經相當熟練。
多次幫忙穿脫類似服裝之後，就算是出身於菲托亞領地的鄉下人也能學會。
「菲茲……你扣錯鈕釦了。」
「咦？啊……是的，真對不起。」
抱著這種心態的菲茲一時大意，就被愛麗兒指出錯誤。
他慌忙想要修正，卻弄不清楚到底是哪邊錯了。這種服裝一旦中途弄錯順序，就會一口氣全亂掉。
「怎麼了？不趕快幫我穿上衣服，我會感冒喔。」
「啊……是！請再稍等一下！」
「還是你想多看看我的身體？」
「不……不是！」

看到菲茲面紅耳赤慌忙否定的模樣，愛麗兒嘻嘻笑了。

她對於這種純真反應極為中意，經常像這樣戲弄菲茲。

「對我來說倒是眼福。」

每次在這種情況下伸出援手的人總是路克。

路克一邊微笑，一邊指出菲茲還在尋找的正確鈕釦洞口。

「哎呀，路克。意思是你對主人抱著戀慕之心嗎？如果真是這樣，可以算是大不敬喔，必須受到責罰。」

「真是讓人畏懼，請問是何種懲罰呢？」

「我要沒收你今天的點心。」

「哎呀，殿下實在嚴苛……但是，既然這是主人的願望，那麼在下只能遵從。」

兩人進行這樣的對話時，菲茲總算幫愛麗兒換好衣服。

愛麗兒轉了一圈，確定服裝沒有任何不妥之處後，對自己打氣振奮起精神。

「辛苦了。那麼，去吃早餐吧。」

「是！」

路克跟著愛麗兒走出房間。

菲茲正要跟上，卻突然注意到自己在化妝台鏡子裡的身影。

鏡中站著一個戴著太陽眼鏡，表情憂鬱的少年。

他停下腳步，用手指轉了轉剪得很短的白髮。

然而這只是短短一瞬的動作，菲茲立刻把視線從鏡子上移開，追著愛麗兒離開房間。

★★★

那麼。

對於這個名叫菲茲，突然在王宮內出現的少年魔術師，貴族們略有微詞。

「明明魔術師團裡有許多出身更高貴的人選……」

沒有姓氏，身世也不清不楚。只知道他的種族和髮色。

根據不優雅圓滑的舉止和言行，可以看出少年顯然不是貴族。

明明如此，愛麗兒公主卻把少年視為新任的守護術師，賜予他守護術師用的最高等級裝備，還讓他寸步不離地隨時跟在自己身邊。

這樣的特殊待遇引起了貴族們的不滿。

「話說回來，那個太陽眼鏡是怎麼回事？」

「說的對，看起來他似乎不懂何謂大不敬。」

少年總是戴著太陽眼鏡。當然，在宮中沒有正當理由就藏起臉孔的行為會被視為不敬。

然而貴族的這些批評並不正確。

關於這副太陽眼鏡，愛麗兒已經直接獲得國王的許可。

其實，這副太陽眼鏡是讓菲茲可以隨時隨地察覺愛麗兒危機的魔力附加品。「畢竟之前曾經發生過那種狀況……」的事實讓國王願意允許這種做法。

「因為那個戴著太陽眼鏡的傢伙，宮中的女僕們總是興奮尖叫。」

「說什麼光看到他和路克站在一起的情景就感到很美好。」

「而且據說欣賞那個好女色的路克熱心照顧少年的模樣似乎是一種至上的幸福呢。」

「宮中的風紀堪慮啊……」

「什麼風紀，根本是幾乎不存在的東西吧。」

哈哈哈……貴族們大笑著。

隨時跟在愛麗兒身後的菲茲，擁有即使隔著太陽眼鏡也能看出他是個美少年的外貌。有許多人受到他和愛麗兒、路克站在一起的模樣煽動，心中起了各種糟糕的妄想。

「雖然我懂彼此都是少年也是造成這種情況的原因，不過真的很不可思議。」

「哦？什麼事情讓你感到不可思議？」

「那個曾經公開宣稱自己喜歡女人討厭男人的路克，只有對那名少年算是相當溫柔。」

「噢，原來如此。說起來的確是那樣。」

「不，其實也沒有什麼好奇怪，大概只是因為總算連路克也體會到男色的魅力了。」

「應該是吧，哈哈哈。」

對於阿斯拉貴族來說，同性戀並不是什麼特別罕見的事情。

因為有更多有著異常性癖好的人，不過是少年愛上了美少年這種小事，實在沒什麼好訝異的。

「不過，不知道愛麗兒殿下是從那裡找來那樣的孩子。」

「這個嘛，既然愛麗兒殿下如此推薦那少年……說不定是哪個上級貴族的私生子喔。」

「哦？你心裡有數嗎？」

「嗯。幾年以前，我曾經拜訪住在菲托亞領地的堂兄弟。而那個堂兄弟告訴我，他有去參加紹羅斯公他孫女的十歲生日慶祝儀式。」

「喔喔，講到紹羅斯公的孫女，就是那個伯雷亞斯的紅猴子姬吧？」

「沒錯，就是那個傳言中送去學校卻把同學痛打在地，別說好好用功，甚至連向他人問安都不會的猴子姬。」

「那猴子姬怎麼了？」

「嗯，根據我堂兄弟所說，那猴子姬似乎變了很多。不但很有禮貌地向眾人致意，舉止也嫻靜高雅，還展現了華麗的舞步……」

「我想只是先前的傳言太過誇大，結果其實猴子姬並不是猴子而已吧？」

「不，並不是那樣。按照我堂兄弟的說法，他去向紹羅斯公請安時，對方很自豪地向他做了一番說明。」

「說明什麼？」

「說教育孫女的老師是一個比她還小兩歲的少年。」

「哦……年齡一致呢。」

「後來因為紹羅斯公對那少年實在過於誇讚，所以我的堂兄弟似乎帶著臆測問道：『那名少年該不會擁有紹羅斯公您的血統吧？』」

「哦哦？」

「當然紹羅斯公並未肯定，然而讓人不解的是，據說他也沒有強烈否定。」

「原來如此。那麼，你意思是那個天才少年就是……？」

「有此可能。」

「以平民來說卻對禮儀規矩有點知識，是因為這種理由嗎？」

這時，其中一名貴族突然想到。

「不過，他真的很強嗎？」

根據愛麗兒公主的主張，菲茲身手敏捷到一般的騎士見習生也無法與之相比，讀寫與算術都不成問題，甚至在魔術方面還具備了連魔術學校的老師都不可能精通至此的深厚知識，還能夠以無詠唱方式施展上級魔術。

而且年僅十歲。

「只是誇大其詞吧。」

「但是愛麗兒公主曾碰上那種事，應該不會把半吊子的傢伙放在身邊吧。」

「唔……要不要乾脆去試探一下呢？要是能揭穿那小鬼的真面目倒也不錯……」

「勸你不要。萬一對方真的有實力，反遭大肆攻擊可就棘手了吧？」

「也對……不過話又說回來，既然身為守護術師，真希望那傢伙至少要學會宮中的一些常規慣例啊。」

「沒錯，那土樣子實在讓人難以忍受。」

就像這樣，貴族們雖然提到菲茲時語帶否定，然而也沒有展開任何實際行動，頂多只有觀察他，背地裡講些壞話罷了。

然而，其實這種狀況正符合愛麗兒的盤算。

★　★　★

「那麼，要安排汀克卿的公子進入騎士團？」

「是的，因為他擅長算術，就安排他以騎士團財務人員見習生的身分入團吧。」

某天午後。

愛麗兒和路克的父親，皮列蒙·諾托斯·格雷拉特舉行了會議。

皮列蒙是愛麗兒派的首席貴族。雖然判斷力有點偏低，不過是個靠著年紀輕輕就當上米爾波茲領地之主而獲得實力的人物。

只要一有事，他就會前來與愛麗兒當面商討今後的動向。

現在，願意站在愛麗兒陣營的人很少。

由於愛麗兒尚未成年，雖說受到民眾喜愛，在貴族之間卻沒有受到太多支持。

因此，兩人現階段進行的是對貴族們的事先疏通。

那些具備實力並推舉第一王子或第二王子的上級貴族們，恐怕不會隨便就背叛並跳槽到愛麗兒陣營來吧，因為他們已經在派閥中確立了自己的位置。

所以皮列蒙提議要爭取游離票。

把那些和中央政爭沒有什麼牽扯的地方貴族，或是實力並非那麼強大的中級、下級貴族給拉攏進來。

之後靠皮列蒙的力量特別拔擢那些人成為中央官員，或是把優秀人才安排進關鍵單位的基層。

這是把眼光放遠到十年後、甚至是二十年後的戰略。

十年後，只要聽從皮列蒙指示的愛麗兒派成員們當上各部會的要職，就算無法搶下最高長官的位子，也依舊會在將來化為很大的助力。

「騎士團、魔術師團、禁衛軍團、市街兵團……這樣一來，幾個主要目標應該都已經安排好了吧。」

「不過現在還不知道種子能不能萌芽，也有可能被察覺所以遭到連根拔除。」

他們決定第一步行動是要掌控武裝戰力。

在這個和平時代，士兵和騎士並沒有受到太多重用，頂多只有在國內擊退魔物或緝捕盜賊時有派上用場。即使形容這些單位在政治上幾乎沒有任何影響力，恐怕也不算言過其實。

也因此，這些單位幾乎沒有受到其他派閥的支配。雖說毫無疑問到了團長等級還是會隸屬於某個派閥，不過也都是些力量根本不足以去插手政治的小人物。

然而一旦有事發生，就是由這些人負責行動。

由於阿斯拉王國長久沒有內亂，再加上甚至連發生在宮內的暗殺，也只要缺乏證據就會被視而不見，因此有許多貴族早已忘記「武力就是力量」。

因此，愛麗兒和皮列蒙率先針對這部分動手。

「必須採用這種繁瑣的繞遠路方式，實在讓人滿心焦躁呢。」

「您說得是……」

皮列蒙雖然是諾托斯·格雷拉特一族的當家，然而和其他的格雷拉特當家相比，他年紀較輕，也欠缺人望和財力。

愛麗兒的情況也差不多。儘管因為王族身分而擁有可以自由運用的金錢，不過和其他對立候補之間的差距依舊一目了然。頂多只有在民眾的支持度方面占有優勢。

問題是民眾支持度這種東西，其實很容易變動。

只要其他王子稍微做了什麼事情，人民就會變心。若要以此為主軸去應戰，實在過於不安定。

愛麗兒是要和誰戰鬥，又是為了什麼進行這些行動呢？

「不過，腳踏實地去鞏固基本立場才是最合乎正道的做法喔，殿下。」

「沒錯，我當然明白。為了獲得王位，繞點遠路也是必要的行動……」

沒錯，是因為愛麗兒已經下定決心要成為國王。

因為她已經開始步上為了爭取王位的道路。

讓宮中眾人的注意力集中在菲茲身上，愛麗兒本身則在背地裡和支持自己的有力貴族們締結深厚關係，靜靜地開始政治鬥爭。因為突然碰上襲擊，慌慌張張開始保護自己的膽怯公主。

愛麗兒利用這種標籤作為幌子，繼續藏起獅子的利牙，踏出步伐往前邁進。

為了達成已經過世的守護術師，迪利克．雷特巴特的遺志。

「……」

為了保護進行這些行動的兩人，有另外兩人站在一旁。

那正是路克和菲茲。

他們並沒有參加對話，而是靜靜站著。

若有鑑定眼光高明的商人或冒險者看到他們的模樣，大概會不由自主地嘆息吧。

讓裝備者奔跑的速度能比平常提高數倍的「疾風之靴」。
能隔絕熱量，讓裝備者維持一定溫度的「煩熱斗篷」。
能夠讓手掌所受衝擊減半的「壓倒之手套」。
他們身上的裝備全都是一級的魔力附加品。
除了這些，路克腰間還配著能輕易斬斷鐵盾的「斬鐵劍」。
從武器到防具都是完美的裝備，是經歷過上次事件後，愛麗兒賜給兩人的物品。
不過，只有菲茲腰間的魔杖是例外。
那是一把小型的棒狀魔杖，怎麼看都是剛學會魔術的新手才會使用的裝備。
這東西並不是魔力附加品，也不是魔道具。
「那麼，皮列蒙卿，接下來就多麻煩你了。」
「是，愛麗兒殿下您那邊也請多注意……已經差不多來到有人注意到什麼跡象也很正常的時期，背後請務必不要暴露出可趁之機。」
「我明白。」
在旁觀兩人的護衛下，愛麗兒與皮列蒙結束會議。
他們帶著滿意表情穿過房間，前往入口。
路克也配合他們移動到愛麗兒背後，像是隨時聽候差遣。菲茲稍微慢了一步，才像是模仿路克般地跟了上來。

「路克，你要好好擔起保衛愛麗兒殿下的職責。」

「是！」

皮列蒙對路克交代一句之後才離開現場。

路克按照規矩行了一禮，目送他離去。

「呼……花了不少時間呢，來吃飯吧。」

「是，愛麗兒殿下。」

聽到愛麗兒的指示，路克搖響叫人鈴。

叮鈴鈴，總共搖了三次。

交代前來的侍女去準備餐點後，他再度回到愛麗兒背後的位置。

菲茲以興致盎然的視線觀察這一連串發展。

「那個叫人鈴，有規定搖幾次就是做什麼事情嗎？」

「只不過是個叫人鈴，怎麼可能有什麼規定。」

聽到路克不以為然地這樣回答，菲茲雖然露出不高興的表情但還是點了點頭。

「啊……是嗎，說得也對。」

最近這陣子，菲茲總是像這樣找路克請教各種事情。

其中也包括用餐禮儀和向人致意請安的規矩。

菲茲雖然多少懂一點禮儀規矩，然而只有臨陣磨槍的水準。也因此，他做什麼事情都會遭到其他貴族們的嘲笑。不過，每次被嘲笑後他都會面紅耳赤地跑去請教路克，然後在下一次碰到同樣狀況之前，就會達到能完美因應的水準。

「嘻嘻……」

旁聽兩人對話的愛麗兒發出笑聲。

「菲茲到了最近，終於慢慢習慣宮廷的規矩了。」

「不，我還差得遠。」

「不過，你那種專注努力的模樣，無論看在誰的眼裡都會產生好感。」

「是嗎？至少貴族們似乎很討厭我。」

菲茲嘟起嘴看向路克，路克則以事不關己的態度移開視線。

「不需要在意那些閒雜人等的批評，我個人很中意你。」

「……非常感謝您。」

他並沒有表現出特別高興的反應，只是對著愛麗兒鞠躬道謝。

「話說回來，愛麗兒殿下。請問有找到我的家人和老師嗎？」

聽到這提問，愛麗兒輕輕地搖了搖頭。

「不……」

菲茲是以幾個條件作為交換，才成為愛麗兒的守護術師。

首先，不懲處他未經許可就闖入城內的罪行。

菲茲是在轉移事件當天突然出現在宮中。儘管並非出自於本人的意志，但事實上他的確是未經許可就擅自闖入，根據阿斯拉王國的法律，這是必須受到懲罰的行為。

這件事基於愛麗兒的個人意願，決定不予追究。

話雖如此，畢竟菲茲救了愛麗兒一命也是事實，因此這個問題原本就不難解決。

另外一個條件，是要幫忙尋找菲茲的雙親和朋友。

菲茲出身於菲托亞領地，轉移事件後一家離散。

原本這是菲托亞領地的領主，伯雷亞斯一族該處理的事態。

然而伯雷亞斯一族失去領地，甚至連能直接掌控的部下也幾乎全都消失，因此陷入危機。和伯雷亞斯家敵對的貴族們就像是掌握到大好機會，爭先恐後地發動攻擊。伯雷亞斯家光是要保住自身就竭盡全力，根本沒有餘力去尋找不知流落何方的領民。雖說基本上的確是有成立類似搜索團的組織，然而那形同空殼。

也因此，愛麗兒從自己的口袋中拿出資金組成搜索隊，讓他們負責去尋找。

順便一提，後來第一王子派的大流士上級大臣出手保護伯雷亞斯家並提供金援，讓搜索團成為大規模組織……不過這是另一段故事。

總之菲茲就是基於前面提到的兩個條件成為愛麗兒的護衛，也就是守護術師。

「還沒有查到你家人的下落，畢竟領民似乎被轉移到世界各地。」

「是……這樣嗎……」

菲茲的耳朵整個往下倒，甚至會讓人忍不住深感同情。
愛麗兒看他這副模樣，難得露出很難過的表情。
「菲茲……抱歉，我目前實在沒有什麼力量。」
「不，這是我自己一個人根本無計可施的事情，所以非常感謝您。」
「…………」
面對表現出堅強態度的菲茲，愛麗兒露出思索的表情，接下來突然握拳拍了一下手掌。
「對了，菲茲。我要你今天晚上來我房間。」
「咦！」
這突如其來的提案讓菲茲發出變了調的叫聲。
「聽說你最近老是作惡夢，整個晚上都在囈語。要是和其他人一起睡，應該可以紓解這種狀況吧？」
「可……可是……我是護衛，是個鄉下人，而且愛麗兒殿下是公主……我說路克你也講點什麼啊！」
聽到話題扯到自己身上，路克面不改色地看向菲茲。
「這不是很好嗎？你就當作是獎賞啊。」
「什麼獎賞……」
「是啦，大概會造成一些奇怪的謠言……不過你既然能忍耐宮中的背後閒話這麼久，我想沒問題吧？」

現場沒有人站在自己這一邊。

領悟到這點的菲茲只能嘆氣。

★　★　★

在愛麗兒和皮列蒙籌謀詭計的同一時刻。

在王宮的其他地點，也正在進行另一項詭計。

「對於愛麗兒最近的動作，你有何看法？」

某個房間裡有兩名男性。

其中一人是長著柔軟金髮的青年，年齡大約是二十五歲上下。

他手中握著貝卡利特大陸產的玻璃杯，杯中裝滿以米爾波茲領地採收的新鮮葡萄釀製的葡萄酒。

另一人則是體型非常肥胖的男性，年齡大概是五十歲出頭吧。

肥胖男性的大腿上坐著一個半裸少女，手則放在少女的屁股上。

「總覺得非常可疑……」

他以好色眼神觀察少女因為屁股被摸而紅著臉低下頭的反應，然而語調卻極為冷淡。

青年並不介意男性的行為。

只是晃著玻璃杯中的液體，像是要充分享受葡萄酒的風味。

「光說可疑，我哪聽得懂呢？」

「我有收到報告，說愛麗兒殿下把自己手下的人送進騎士團和衛兵裡。」

「騎士團和衛兵？愛麗兒那傢伙，該不會想發動政變吧？」

聽到青年的發言，男性一邊把手伸進少女的內褲中，同時搖了搖頭。

「不可能，她的眼界並非如此短淺。這行為應該只是想增加黨羽。」

「但無論是騎士團還是衛兵團，都不具備政治上的影響力。」

「您說得是。然而騎士團和衛兵中有許多人出身平民，對愛麗兒殿下來說，應該是最容易拉攏的對象吧。所以另一方面，大概也是想展開第一步棋吧。」

「嗯……」

「畢竟愛麗兒殿下並沒有自己的兵力。」

青年思索著。

騎士團和衛兵在政治面上並沒有影響力。

當然，騎士團和衛兵是阿斯拉王國最強的戰力，然而也因為大部分的組成人員都出身於平民，並沒有獲得太大的權限。

再加上最高長官是青年手下的貴族，要找人取代他並不是能輕鬆辦到的事情。
然而，萬一王都發生什麼狀況，實際上行動的是基層。
要是大部分部隊長或兵長階級的人都變成愛麗兒派的成員，那麼階級更往下的一般騎士和衛兵想必也會站在原本就受平民歡迎的愛麗兒那邊。
如此一來，在真正的關鍵時刻，的確有機會發生政變。
「這算是過去有點忽略的盲點，沒想到我妹妹的腦袋相當不錯。」
青年帶著感嘆說道，然而肥胖男性卻哼笑一聲，繼續玩弄少女的身體。
「沒那回事，這只不過是迫不得已之策吧。」
少女輕聲發出嬌喘，肥胖男性嘴邊露出笑容。
「不過話雖如此，也算是不錯的棋步。我原本以為諾托斯那個小夥子是個只懂苟且偷安的鼠輩，沒想到相當具備先見之明。」
「你打算怎麼做？」
聽到青年的提問，肥胖男性的手終於放開少女。
他先把同一隻手伸進裝有葡萄酒的玻璃杯，然後把滴下紫色水珠的手指塞進少女嘴裡。
少女並沒有抵抗，只是從順地舔著。
「也沒有什麼怎不怎樣。雖說過去一年都只是靜觀，不過既然她決定與格拉維爾殿下您為敵，那麼自然會衍生出該做的事情。」

「這話的意思是？」

肥胖男性把少女舔過的手指舉高到自己嘴邊，伸出舌頭舔了舔。

「要剷除的對象並不是冒出來的新芽，而是撒下種子的人。」

「……我懂了。大流士，就交給你來處理吧。」

「遵命，格拉維爾殿下。」

第一王子格拉維爾與大流士上級大臣。

兩人就這樣結束會談，臉上的表情活像是在官商勾結的貪污官吏和行賄商人。

聽到這番對話的外人只有一個，那就是坐在大流士大腿上的奴隸少女。

而這名少女是……

★★★

就這樣，場景切換到愛麗兒的寢室。

菲茲在即將就寢的深夜時分拜訪此處。

他頭上冒著暖呼呼的熱氣。

「那個……愛麗兒殿下……我按照吩咐來了……」

菲茲在拜訪此處之前，已經被愛麗兒的侍女帶進浴室洗過一輪，全身上上下下還在洗好澡後被塗滿精油，然後才換上睡衣，而且是以柔軟布料製成的高級睡衣。

「歡迎你來。妳們可以下去了。」

愛麗兒這樣說完，兩名侍女行了一禮後走出房門。

在昏暗的房間中，只剩下愛麗兒和菲茲兩人。

「怎麼了？請過來這裡，坐在我身邊。」

「啊……是……」

按照愛麗兒的要求，菲茲戰戰兢兢地在她身旁坐下。

愛麗兒把身體靠向菲茲。

「……」

她靠近多少距離，菲茲就退開多少距離。

接著以慌張態度舉起手，搶先般地開口：

「那個……呃……今天只是要一起睡覺而已吧？」

「嗯，當然啦。」

「可是……那個……可是愛麗兒殿下，您的眼神有點可怕。」

愛麗兒慢慢往前爬，步步進逼。

菲茲慌張往後退，拉開距離。

「沒什麼好怕。的確，我現在因為看到菲茲你水潤粉嫩的模樣而非常興奮，不過你放心，我不會對你做任何事。好啦，在床上躺下吧。」

「不，所以說愛麗兒殿下……您看起來很可怕啊！」

「就說沒什麼好怕嘛。」

「不，那個，我啊……愛麗兒殿下您也知道吧？我其實是……」

「我知道，我當然知道。」

菲茲終於被逼進床鋪角落。

愛麗兒伸出手放在菲茲肩上，把他的身體壓到床上。

「所以，我希望菲茲你也能了解我一下。」

菲茲閉上眼睛，就像是初體驗的少女。

不管再怎麼說，這樣都太過分了。儘管他心裡這樣認為，依舊聽話地把身體交給愛麗兒處置。

畢竟原本就無家可歸也無處可處的菲茲根本無法違抗愛麗兒。

「……我想，玩笑就開到這裡吧。」

這時，愛麗兒突然從菲茲身上退開，臉朝上往旁邊一躺。

感到意外的菲茲把視線移往身旁，正好和愛麗兒四目相對。

「呃……」

「我不是說過今天只是要一起睡覺嗎？你是在誤會些什麼？該不會以為我會對你霸王硬上

弓吧？」

菲茲面紅耳赤。

看到他的反應，愛麗兒嘻嘻笑了。

「這種表情會讓人很想對你下手，不過今天真的只是要一起睡覺而已。」

接著她把臉轉往上方，呼了一口長氣。

依舊滿心困惑的菲茲不知道該怎麼辦才好，整個身體僵住不動。

沉默維持了一段時間。

「——我也……」

先開口的人是愛麗兒。

「會作夢。」

「……會作夢嗎？」

「嗯，那一天的夢。迪利克被魔物殺死，之後我也被魔物咬死吃掉的惡夢。」

聽到這句話，讓菲茲重新觀察起愛麗兒的表情。

平常總是掛著的溫柔笑容已經消失，臉上面無表情，甚至讓人會聯想到透明。

「作那種惡夢，發出囈語然後驚醒……這種日子一直持續著。」

「愛麗兒殿下也是這樣？」

「嗯。」

愛麗兒點點頭，握住菲茲的手。
她的手指很纖細，彷彿隨時都會折斷。
然而握住菲茲的這隻手卻充滿力道，也洋溢著生命力。
「菲茲，雖然我無法體會你心中的痛苦，但是那一天，不是只有你一個人碰上恐怖經歷。要是覺得難受，可以找個人幫忙喔。」
「愛麗兒殿下……」
「我會毫不客氣地找菲茲你幫忙。因為我覺得，如果和那一天救了自己的你一起入眠，或許那個惡夢就不會再出現。」
聽到這句話，讓菲茲也有種情緒總算放鬆的感覺。
這下他才明白，從轉移事件至今，自己從來沒有時間讓內心好好休息。
他察覺到自己總是為了避免被捨棄而拚命努力，總是為了避免被視為派不上用場的傢伙而虛張聲勢，一切行動都是希望可以讓這個人對自己抱有好感。
「是嗎……」
不過，其實沒有必要那樣做。
就算菲茲不會使用魔術，愛麗兒也一定會把他留在身邊。因為彼此是能理解相同辛酸的同志……
「愛麗兒殿下。」

「怎麼了，菲茲？」

「我會好好努力，讓自己能確實成為愛麗兒殿下的護衛。」

「這心態很好。那麼，首先就請你在夢中也擔任護衛吧。」

愛麗兒嘻嘻笑了。

彷彿是被這笑容感染，菲茲嘴角也浮現出微笑。

轉移事件後過了一年，這是他第一次露出笑容。

「好啦，睡覺吧。」

「是，愛麗兒殿下。晚安……」

愛麗兒繼續握著菲茲的手，閉上眼睛。

菲茲也閉上眼睛，想在這舒服的半夢半醒感中放掉意識。

但是，這時他突然察覺。

「……？」

有個動靜。

明明先前為止都可以感覺到房間裡面只有兩個人，然而現在床鋪旁邊卻站著另一個人。

那是個少女，一個只有稍微掩蓋住局部身體的半裸少女正佇立於床邊。

而且她的手上還握著一把大型小刀。

「……！」

和菲茲四目相對的瞬間，少女展開行動。
她逐漸逼近，就像是要直接倒到愛麗兒身上。
菲茲明白對方是刺客，在嘴巴喊出任何聲音前，身體已經搶先行動。他跳了起來並試圖護住愛麗兒，伸出雙手對少女放出魔力。
是「衝擊波（Air Burst）」。
「呀啊！」
沒有詠唱就使出的魔術直接打中少女，把她的身體推往和這邊相反的方向。
「發生什麼事！」
「愛麗兒殿下！是刺客！請不要離開我後面！路克！有敵襲！」
菲茲的叫聲在房裡迴響。
守護騎士的房間就在隔壁，路克應該會立刻趕來。
「呼……」
刺客爬了起來。
她面無表情地看看菲茲，再看看愛麗兒。視線在兩人身上來回移動，最後固定在菲茲身上。
看來刺客打算先解決護衛，再對目標下手。
看到對方的反應，菲茲放低重心，擺好架勢。
儘管身上穿著睡衣，愛麗兒特地賜予的裝備也全都沒帶著，但鬥志並沒有因此衰減。

「……殺！」

刺客往前衝，直直朝向菲茲。

菲茲對著她舉起雙手，施展魔術。

「喝！」

他手中使出的魔術無法以肉眼辨識。隨著爆炸聲，只見有頂篷的床鋪被整個打飛，房間的牆壁也開了一個大洞。

這是上級風魔術「爆音衝擊波」。

很少有對象被這魔術擊中後能保住一條命。

然而，刺客卻還活著。因為她看起來像是衝向菲茲，卻在途中往旁邊一躍。是佯攻。

不知道她是刻意如此，或者只是偶然，總之刺客避開了菲茲的魔術。

而且，對方還在半空中射出小刀。

小刀直直飛向愛麗兒。

菲茲反射性地伸出手，試圖在空中攔截那把小刀。當然，要抓住半空中的小刀並不是件容易的事情。然而他運氣很好，指尖搆到小刀，雖然被割出一點傷口，還是成功地改變小刀的軌道。

看到自己必殺的一擲最後失敗，刺客貓一般地做出減緩衝擊的動作，並且試圖和菲茲拉開距離。

「啊……」

結果卻被菲茲立刻使出的第二次魔術打飛出去。

直接被上級風魔術擊中的刺客四肢都被打斷，從牆壁的洞穴摔往夜空。

「呼……呼……」

經歷瞬間攻防而呼吸加速的菲茲一邊喘氣，同時從洞穴看向外面。今晚沒有月亮，夜色昏暗，無法看清下面的情況。

然而，畢竟對方是被打斷四肢後才摔下去，再怎麼說都不可能還活著。

「呼……」

他甚至還沒有實際感覺到自己剛剛殺了人。

「啊，對了……愛麗兒殿下，您沒事吧？」

菲茲慌忙回到房間，想確認愛麗兒的安危。

「嗯……咦？」

然而，走到一半就覺得腳不聽使喚。

腳尖沒有感覺，菲茲雙腿一軟，當場倒下。

（是毒……）

等菲茲想通時已經慢了一步，麻痺感蔓延到全身，意識也開始朦朧。

（得……得使用解毒魔術……）

如果菲茲只是一般的魔術師，無法以無詠唱方式施展解毒魔術，說不定他已經就這樣直接喪命。

在意識恍惚不清的情況下，菲茲對自己使用解毒魔術，同時觀察周遭。

愛麗兒平安無事，雖然刺客已被擊退，但路克也總算趕來現場。

「路克！是刺客！菲茲打倒了刺客，但是卻中了毒！快點叫醫生過來！還有，刺客的屍體應該在樓下，去通知衛兵！」

「是！」

路克點點頭，立刻一邊喊著衛兵一邊衝向樓下。

神智不清的菲茲目送他離開，然後失去意識。

★　★　★

如此這般，這次暗殺愛麗兒的行動以未遂告終。

菲茲雖然中毒倒下，然而只有非常少量的毒從指尖的小傷口侵入，再加上他迅速利用解毒魔術進行緊急處置，因此保住一命，也沒有留下後遺症。

當菲茲回到崗位時，貴族們對他的評價已經改變。

那天打倒的刺客是關鍵。

衛兵根據掉在中庭裡的屍體去調查後，得知那少女是從將近十年前就在阿斯拉王國活動的有名刺客「夜目之烏鴉」。

至今為止已經有多名阿斯拉貴族成了她的犧牲者。

菲茲既然能打倒這樣的刺客，所以實力受到肯定。

由於他不需詠唱就可以施展魔術，再加上平日完全不開口說話，因此被起了個外號叫「沉默的菲茲」，於名於實都成為為愛麗兒的護衛，得到周圍貴族們的正式認可。

就這樣，事件告一段落，愛麗兒等人也重回平穩生活……表面上是如此。

實際上事件並沒有乾脆落幕。

從那一天起，開始出現意圖奪走愛麗兒性命的刺客。

接二連三發生襲擊。

即使菲茲一一擊退那些刺客，然而暗殺行動卻從未停止，一連事件的幕後黑手也從未判明。騎士團展開的搜查行動遭受某種壓力，最後不了了之。

儘管能推測出是誰送來刺客，卻無法公開事實的狀況對愛麗兒造成強大的精神壓力，讓她受到打擊。

結果，皮列蒙判斷事態已陷入危機，基於他的提案，愛麗兒決定以留學的名義逃往國外……

不過，這是另一段故事。

★　★　★

守護術師菲茲。

因為轉移事件而無家可歸，人生也全面失控。和菲茲自身的意志相反，他逐漸被捲入充滿血腥的阿斯拉王國政治鬥爭。

不過，只有一件好事。

從暗殺未遂事件那天起，菲茲不再作惡夢。

那種被丟進半空中，悲慘掙扎並狠狠墜地的惡夢……

或許對他來說，只有這點是唯一獲得的救贖。

而這樣的他還要再過一段時間，才會和魯迪烏斯·格雷拉特的命運交會。

國家圖書館出版品預行編目資料

無職轉生：到了異世界就拿出真本事 / 理不尽な孫の手作；羅尉揚譯. -- 初版. -- 臺北市：臺灣角川, 2015.10-
冊；　公分
譯自：無職転生：異世界行ったら本気だす
ISBN 978-986-366-756-8(第3冊：平裝). --
ISBN 978-986-366-757-5(第4冊：平裝)

861.57　　104017248

Kadokawa
Fantastic
Novels

無職轉生~到了異世界就拿出真本事~ 4

(原著名：無職転生~異世界行ったら本気だす~ 4)

2016年5月5日 初版第1刷發行
2024年4月2日 初版第8刷發行

作者：理不尽な孫の手
插畫：シロタカ
譯者：羅尉揚

發行人：台灣角川股份有限公司
總監：呂慧君
總編輯：朱哲成
設計指導：陳晞叡
印務：李明修（主任）、張加恩（主任）、張凱棋
發行所：台灣角川股份有限公司
地址：104台北市中山區松江路223號3樓
電話：（02）2515-3000
傳真：（02）2515-0033
網址：www.kadokawa.com.tw
劃撥帳戶：台灣角川股份有限公司
劃撥帳號：19487412
法律顧問：有澤法律事務所
製版：巨茂科技印刷有限公司
ISBN：978-986-366-757-5